違星北斗歌集

アイヌと云ふ新しくよい概念を

違星北斗

角川文庫
22477

目次

散文・ノート　155

凡例

一、本書は『違星北斗遺稿　コタン』（一九三〇年一月、希望社出版部）、『違星北斗遺稿　コタン』（一九八四年一月刊および一九九五年三月刊、草風館）、同人誌「コタン」（一九二七年八月完成）、ノート（北海道立文学館所蔵）および雑誌や新聞などに掲載された違星北斗の作品を、ジャンルに分け、編集したものである。

一、文庫化にあたり、詩歌は旧字旧仮名遣いのままとし、日記、童話・昔話、散文・ノートは新字新仮名遣いに改めた。また、新たに収録した散文・ノート、昔話、手紙は適宜、改行や空白、句読点、ルビなどを加えた。

一、掲載した短歌や俳句には重複がある。発表時期により表記や表現に変化が見られること、また作品群として発表されたという事実の資料性も鑑みそのまま残した。

一、底本の注釈を（注）とし、今回の編集で新たに入れた注釈を〔編注〕として区別した。

一、本文中には「アイヌ乞食」「オロッコ」「外人扱い」「乞食」「社会的まま子」「鮮人」「大酋長」「低能児」「土人」「人喰い人種のお国」「不具の子」「野蛮人」「ロスケ」といった今日の人権意識や歴史認識に照らして不適切と思われる語句や表現がある。著者が故人であること、また扱っている題材の歴史的状況および著者の記述を正しく理解するためにも、底本のままとした。

違星青年

金田一京助

五年前の或る夕、日がとっぷり暮れてから、成宗(なりむね)の田圃(たんぼ)をぐるぐるめぐって、私の門前へたどり着いた未知の青年があった。出て逢うと、ああ嬉しい、やっとわかった。ではこれで失礼します。

誰です、と問うたら、余市(よいち)町から出て来たアイヌの青年、違星(いぼし)瀧次郎というものですと答えて、午後三時頃、成宗の停留所へ降りてから、五時間ぶっ通しに成宗を一戸一戸あたって尋ね廻って、足が余りよごれて上れないというのであったが、兎に角、上ってもらった。

これが私の違星青年を見た最初である。西川光二郎氏の北遊の途次に知られ、その引きで、市場協会の高見沢氏をたよって上京し、協会へ勤めて四十余円を給せられながら、真面目に働いている青年であったが、アイヌに関する疑問を山ほど持って来て、何もかも私から合点しようとする真剣な熱烈な会談が、それから夜中まで続いたことであった。

それ以来、私は労働服の違星青年の姿を、学会に、講演会に、色々な所に見受ける様になった。こうした一年有余の時の流れは、偶々(たまたま)違星生を、虐げられた半生の酸苦から引っこ抜き、執拗(しつよう)に追い廻す差別待遇の笞(むち)から解放して、世界を一変さした。

逢う人、逢う人に愛され、行く所、行く所に好遇されて、生活が安定し、思想が落ち着いて、何一つ不足なくなって来た時に、丁度その時に、真実な生活に徹したい違星生の真摯(しんし)さは、また自分の生活の矛盾をどうすることも出来ない苦悶にみずからを追い込んだ。

私ほどの者なら、東京には余る程いる。そして、失業の、生活難のと云っている時に、半人前も仕事の出来ぬ私が、一人前の俸給を貰って納まって居られるのは、ただ私がアイヌだからである。

私の様な者が、学者の会合へ交じれたり、大きな会館で、銀の匙(さじ)やフォークで御馳走になったりする。この幸福も、やっぱりただ私がアイヌだからである。

私が若し和人であったら、協会のあの仲間並みに、ああいう手合と、ああやって暮らすだけの事、誰がこんな殊遇を与えられよう。アイヌであったからこそだ。待て、待て、「アイヌだから」という差別待遇を拒否し、悲憤して来た自分じゃなかったか。「アイヌだから」のこの特殊の待遇を甘受していて私は済むか？

まばらに各処に生残る、そして今に地上に姿を没せんとするあわれ同族（アウタリ）よ。なつかしい未だ見ぬ村々の翁（エカシ）達よ、嫗（フチ）達よ。乙女達よ。そして今頃は我が如き考えに共鳴する青年もそこここに涙をしぼって暮らしていはせぬか？　無縁の東京人すら熱心に攷究（こうきゅう）している同族の事を自ら卑下して知ろうとはせずに、自ら知らぬを自慢に、和人（シャモ）に成りすましていた愚かさよ、恥しさよ！

違星青年は、じっとして平凡な和人生活になり切ることが堪えきれなくなって来たのである。それからだ――飄然として又もとの北海道へ、慈父の如く案じて引留めてくれる高見沢氏の膝下を辞した彼が、胆振（いぶり）に、日高に、眠れる部落のそちこちに、その多感な姿を現したのは。

併しながら「現実」は明るい銀燭の中で夢見たようなものでは無かった。都人士の好意に満ちた温顔と、急霰のように送られた拍手の代りに、部落で遭う所のものは、冷い、無表情な、「くそ面白くもない。どこの馬の骨が、何用があって来たんだ」と、白眼視する気むつかしい目と、黙殺と無理解な嘲笑とであった。

それも堪え切れない違星生ではなかったが、併し、違星生といえども、何より先に、食わねばならなかった。やわらかに人間愛にふるえるその手が抗拒されて、折角、はいって行った村々では、終日土工に交じって鶴嘴を振ったり、樵夫となって、語る人なき山中の雪に身体を虐使しなければならなかった。

酬いられざる一年の、身体を虐使した放浪の後、多感の青年は、病骨を母なき故郷の兄の家へ横たえる身となった。時折、在京の故人へ、病床遥に忍苦の歌を寄せて、今生にぜひ今一度皆様にお目にかかりたいと云い云い、「世の中は何が何やらわからねど、死ぬことだけはたしかなりけり」と、辞世を遺して、遂に三十歳の春をも見ず、永遠に冷えてしまったのである。

彗星の如く現れて、彗星の如く永久に消えて行った違星生、ふと指を折って見たら、丁度その七十五日であった。

（昭和四年四月十日「東京日日新聞」）

短歌

遺稿集『コタン』
（1930 年、希望社刊）表紙

医文学

沙流(さる)川のせせらぎつつむあつ霞夏なほ寒し平取(びらとり)コタン。

大正十五年九月一日　第二巻第九号

〔編注〕コタンはアイヌ語で村、集落

今朝などは涼しどころか寒いなり自炊の味噌汁あつくして吸ふ

お手紙を出さねばならぬと気にしつつ豆の畑で草取してゐる。

たゞ悪くなれとの事が今の世に生きよと云ふ事に似てゐる

卑屈にもならされてゐると哀なるあきらめに似た楽を持つ人々

東京から手紙が来るとあの頃が思出すなりなつかしさよ。

酒故か無智故かは知らねども見世物のアイヌ連れて行かるる。

利用されるアイヌもあり利用するシャモもあるなり哀れ世の中

小樽新聞

昭和二年十月三日

アイヌッ！　とただ一言が何よりの侮辱となって燃える憤怒だ

獰猛な面魂をよそにして弱い淋しいアイヌのこころ

ホロベツの浜のはまなす咲き匂ひエサンの山は遠くかすんで

〔編注〕エサンは渡島半島の恵山。北斗はイサンとも表記

伝説のベンケイナッポの磯の上にかもめないてた秋晴れの朝

シリバ山もすそにからむ波だけは昔も今にかはりはしない

昭和二年十月二十五日

暦なくとも鮭くる時を秋としたコタンの昔慕はしくなる

握り飯腰にぶらさげ出る朝のコタンの空でなく鳶の声

シャモといふ小さなカラで化石した優越感でアイヌ見にくる

〔編注〕シャモは和人

シャモといふ優越感でアイヌをば感傷的に歌をよむ、やから

人間の誇は何も怖れない今ぞアイヌのこの声を聞け

俺はただ「アイヌである」と自覚して正しき道をふめばいいのだ

昭和二年十月二十八日

「何ッ！　糞でも喰へ！」と剛放にどなった後の無気味な沈黙

いとせめて酒に親しむ同族にこの上ともに酒のませたい

単純な民族性を深刻にマキリで刻むアイヌの細工
〔編注〕マキリは小刀

たち悪くなれとのことが今の世に生きよといへることに似てゐる

開拓の功労者てふ名のかげに脅威のアイヌおののいてゐる

同族の絶えて久しく古平のコタンのあとに心ひかれる

アヌタリの墓地であったといふ山もとむらふもののない熊笹の藪
〔編注〕アヌタリは我らが同胞

昭和二年十一月七日

余市短歌会詠草（三日於妹尾氏宅にて）

痛快に「俺はアイヌだ」と宣言し正義の前に立った確信

〔編注〕妹尾氏は余市の歌人・妹尾よね子氏

昭和二年十一月二十一日

余市川その源は清いものをこころにもなく濁る川下

岸は埋立川には橋がかかるのにアイヌの家がまた消えてゆく

ひらひらと散ったひと葉に冷やかな秋が生きてたアコロコタン

〔編注〕アコロコタンはわがコタン、ふるさと

昭和二年十二月四日

歌壇の彗星
今ぞたつアイヌの歌人亡びゆく同族の救世主
　余市の違星北斗君より

握り飯腰にブラさげ出る朝のコタンの空になく鳶の声

暦なくとも鮭くる時を秋としたコタンの昔したはしきかな

ホロベツの浜のはまなす咲き匂ふエサンの山は遠くかすんで

俺はただアイヌであると自覚して正しき道をふめばよいのだ

かくさずに「俺はアイヌだ」と叫ぶのも正義の前に立った喜び

シャモといふ優越感でアイヌをば感傷的に歌よむやから

コタンからコタンを廻るも嬉しけれ絵の旅、詩の旅、伝説の旅

オキクルミ、トレシマ悲し沙流川の昔を語れクンネチュップよ

仕方なくあきらめるといふこころ哀れアイヌをなくしたこころ

強いもの！　それはアイヌの名であった昔に恥よ、さめよ同族

昭和二年十二月三十日

売薬の行商人に化けてゐる俺の姿をしげしげとみる

売薬はいかがでございと人のゐない峠で大きな声出してみる

田舎者の好奇心にうまく売ってゆく呼吸も少し覚えた薬屋

ガッチャキの行商薬屋のホヤホヤだ吠えてくれるなクロは良い犬

夕陽がまばゆくそめた石狩の雪の平野をひた走る汽車

昭和三年二月二十七日（白老より）

行商がやたらにいやな一ん日よ金のないのが気になってても

ひるめしも食はずに夜の旅もするうれない薬に声を絞って

金ためたただそれだけの先生を感心してるコタンの人だち

酔ひどれのアイヌを見れば俺ながら義憤も消えて憎しみのわく

豊漁を告げるにゴメはやってきた人の心もやっとおちつく

昭和三年四月八日

久しぶりで荒い仕事をする俺の手のひら一ぱいに痛いまめでた

一升めし食へる男になったよと漁場のたよりを友に知らせる

ボッチ舟に鰊殺しの神さまがしらみとってゐた春の天気だ

〔編注〕神さまはニシン漁場の出稼ぎ漁師

水けってお尻ふりふりとんでゆくケマフレにわいた春のほほえみ

昭和三年四月十一日

建網の手あみのアバさ泊ってて呑気なケマフレ風に吹かれる

〔編注〕アバは海中の網の位置を示す浮子（うき）

とんとんと不純な音で悠久な海を汚して発動機船ゆく

不器用とは俺でございといふやうな音たててゆく発動機船

昭和三年五月二日

シャモの名は何といふかは知らないがケマフレ鳥は罪がなさそだ

ケマフレはどこからくるかいつもの季節にまたやってきた可愛水鳥

人さまの浮世は知らぬけさもまた沖でケマフレたわむれてゐた

人間の仲間をやめてあのやうなケマフレと一しょに飛んでゆきたい

（注）ケマフレとは脚の赤い鳥のこと

喀血のその鮮紅色をみつめては気をとりなほし死んぢゃならない

昭和三年五月十二日

キトビロを食へば肺病もなほるといふアイヌの薬草いま試食する

〔編注〕キトビロは精力がつくといわれる山菜。ギョウジャニンニク

これだけの米のあるうちこの病気全快せねばならないんだが

昭和三年六月五日

赤いものの魁だとばっかりにアカベの花が真赤に咲いた

（注）アカベは高山に咲く赤い花

雪どけた土が出た出た花咲いたシリバの春だ山のアカベだ

〔編注〕シリバは余市のシリパ岬

熊の肉、俺の血になれ肉になれ赤いフイベに塩つけて食ふ

〔編注〕フイベは熊や鹿などの内臓。ここでは熊の肝臓か

岩崎のおどは今年も熊とった金毛でしかも大きい熊だ

熊とった痛快談に夜はふける熊の肉食って昔をしのぶ

芸術の誇りもたたず宗教の厳粛もないアイヌの見世物

昭和三年六月十九日

白老のアイヌはまたも見世物に博覧会へ行った咄(とっ)！　咄！

カッコウとまねればそれをやめさせた亡き母恋しい閑古鳥なく

昭和三年八月二十九日

あばら家に風吹き込めばごみほこり立つその中に病んで寝てゐる

昭和三年十二月三十日

永いこと病床にゐて元気なく心小さなおれになってゐる

新短歌時代

新短歌時代
創刊号

昭和二年十一月七日予告号

鮭くる時

暦なくとも鮭来る時を秋としたコタンの昔　思ひ出される

幽谷に風うそぶいて黄もみぢが——苔踏んでゆく肩にふりくる

ニギリメシ腰にぶらさげ出る朝のコタンの空でなく鳶の声

桂の葉のない梢　天を突き日高の山に冬がせまった

昭和二年十二月創刊号

コタン吟

しかたなくあきらめるといふこころあはれアイヌを亡したこころ

アイヌ相手に金もうけする店だけが大きくなってコタンさびれた

強いもの！　それはアイヌの名であった昔しに恥よさめよ同族

熊の胆で助かったのでその子に熊雄と名づけた人もあります

正直なアイヌをだましたシャモをこそ憫なものとゆるすこの頃

勇敢を好み悲哀を愛してたアイヌよアイヌ今どこにゐる

昭和三年二月号

除夜の鐘

俺がつくこの鐘の音に新春が生れてくるか精一ぱいにつく

新生の願ひ叶へとこんしんの力を除夜の鐘に打ちこむ

高利貸の冷い言葉が耳そこに残ってるのでねむられない夜

詮じつめればつかみどこないことだのに淋しい心が一ぱいだ冬

民族を背負って立つのは青年だ　先覚者よ起てアヌウタリクス！
昭和三年六月号

〔編注〕アヌウタリクスは「我らが同胞のために」

あばら家に風吹きこめばごみほこりたつその中に病んで寝てゐる

永いこと病床にゐて元気なくこころ小さな俺になってゐる
昭和三年七月号

アイヌの乞食

子供等にからかはれては泣いてゐるアイヌの乞食に顔をそむける

酒のめばシャモもアイヌも同じだテ愛奴のメノコ嗤(わら)ってゐます

北海道人

昭和二年十二月　二巻一二号

短歌　アイヌの叫び

アイヌッ！　とただ一言が何よりの侮辱となって燃える憤怒だ

「ナニッ！　糞でも喰へ」と豪放にどなったあとの寂しい沈黙

限りなき　その寂寥をせめてもの悲惨な酒にまぎらさうとする

獰猛な面魂をよそにして弱い淋しいアイヌの心

単純な民族性を深刻にマキリで刻むアイヌの細工

たち悪るくなれとのことが今の世に生きよといへることに似てゐる

志づく

志づく第三巻二号

昭和三年三月第三巻第一号

コタン吟

アイヌ　北　斗

悪いもの降りましたネイと挨拶する北海道の雪の朝方

シリバ山もしそにからむ波のみが昔を今にひるかへすかな

正直なアイヌだましたシャモをこそ憫れなものとゆるす此頃

久々で熊がとれたで熊の肉何年ぶりで食ふたうまさよ

コタンからコタンを巡るも嬉しけれ絵の旅詩の旅伝説の旅

昭和三年四月第三巻第二号

違星北斗歌集　コタン吟

獰猛なつら魂をよそにして弱い淋しいアイヌの心

しかたなく「諦める」と云ふ心哀れアイヌを亡したこころ

たち悪るくなれ？　とのことか今の代に生きよと云ふことに似てゐる

卑屈にも慣らされてゐると哀れにもあきらめに似た楽しみもある

限りないその寂寥をせめてもに悲惨な酒にまぎらはしものを

いとせめて酒に親しむ同族にこの上とても酒呑ませたい

現実の苦と引き替へに魂を削るたからに似ても酒は悪魔だ！

ホロベツの浜のはまなす咲き匂ひイサンの山の遠くかすめる

沙流川はきのふの雨でにごっててコタンの昔をささやく流れ

コタンの夜半人がゐるのかゐないのかきみ悪るい程静けさに包まる

「末世の人間の堕落を憤り人間の国土を見捨てオキクルミ神威(カムイ)は去ってしまった。けれども妹にあたる女神がアイヌの国土を懐い泣くと云う」神にすてられたアイヌは限りなき悲しみ尽きせぬ悔恨である。今宵この沙流川辺に立って女神の自叙の神曲を想いクンネチュップ（月）に無量の感慨が涌く。（大正十五年七月二十五日）

オキクルミ。TURESHI トレシマ悲し沙流川の昔をかたれクンネチュップよ

〔編注〕トレシ＝妹、マッ＝女性

やさしげにまた悲しげに唱はれるヤイサマネイナに耳傾ける

〔編注〕ヤイサマネイナ＝女性の気持ちを歌った歌曲

面影は秋の夜寒に啼く虫の声にも似てるヤイサマネイナ

暦なくとも鮭来るときを秋としたコタンの昔しのしたはしいなあ

正直で良い父上を世間では馬鹿正直だとわらってやがる

アイヌ相手に金もうけする店だけが大きくなってコタンさびゆく

アイヌを食ひものにした野蓄人あはれ内地で食いつめたシャモ

元より俺は良い男だ、人も許し我も信じ？　ていたものを何たる不都合ぞ？　鏡が。鏡が。

ネクタイを結ぶに伸べたその顔を鏡は俺をアイヌと云ふた

野原をコタンに拓きコタンはシャモの村となり村はいつしか町となった。原始の姿。今何処!?　山は開かれ野は耕やされ岸は埋立て家は建つ。神秘の光をかき消し、悠久の囁をうばったではないか。聴け!?　はぐるまの音それは征服者の勝利を謳う……。

岸は埋め川には橋がかかるともアイヌの家が朽るが痛ましい

アイヌがナゼほろびたらうと空想のゆめからさめて泣いた一夜さ

島泊村のアイヌは影もない。どこへ行ったか？（六月二十一日）

アヌタリ（同族）の墓地であったと云ふ山もとむらふ人ない熊笹のやぶ

その土地のアイヌは皆死に絶えてアイヌのことをシャモにきくのか

古平町にはもう同族はいない、只だ沿革史の幾頁にか名残を止めているにすぎない。なんと云う悲しいことであろう。（六月二十二日）

ウタリーの絶えて久しくふるびらのコタンの遺蹟（あと）に心ひかれる

〔編注〕ウタリーは同胞

朝寝坊の床にも聴かれるコタンでは安々きかれるホトトギスの声

無茶苦茶に茶目気を出してはしゃいだあとしんみりと淋しさにをそはる

熊の胆で助かったのでその子に熊雄と名附けし人もあります

酒故か無智故かは知らないが見世物のアイヌ連れて行かれた

利用されるアイヌもあり利用するシャモもあるんだ共に憫れむ

つくづくと俺の弱さになかされてコタンの夜半を風に吹かれた

ともすれば下手かたまりにかたまりてひとりよがりの俺の愚かさ

逃げ出した豚を追っかけて笑ったたそがれときのコタンにぎやか

〔編注〕初出では「笑つこたそがれ」となっており「笑（い）つつ」と読める

そばの花雪かとまがう白サ持て太平無事に咲てゐたコタン

静かアなコタンであるがお盆だでぼん踊りあり太鼓よくなる

汽車は今コザハトンネルくぐったふところの山の昔しを偲ぶ

〔編注〕コザハトンネルは小沢トンネル（現・共和町）

我乍ら毛むくじゃらなるつらをなで鏡を伏せて苦がわらひする

いつしかに夏の別れよボン踊りの太鼓の音もうら寒いコタン

ひと雨は淋しさをばひと雨は寒さを呼ぶか蝦夷地の九月

桂木の葉のない梢天を突き日高の山に冬が迫った

幽谷に風嘯ぶいて黄もみぢが苔踏んで行く俺にかぶさる

鉄道がシモケホまで通ったので汽車を始めて見る人もある

〔編注〕シモケホ＝静内郡の地名「下下方」

のむ？　ことが何よりのたのしみで北海道がよいと云ふシャモ

ウッカリとアイヌの悪口云った奴きまり悪るげに云ひなほしする

北海道は特色がある、曰く〔おめ（汝）まだあの男と連添ているの……？　まあ永いネイ……おら三人目だハイ〕これがアッパだのアネ子だちの話だ。ヤン衆になるとまだひどい。これが我が北海道の尊敬すべき開拓者か。

借りたもの一回毎に返済たら内地と同ンなじだべと平気だ

これがシャモだいはんやアイヌに於てをやだまされ慣れるに於てをやだ

歓楽も悲哀もなくて只だ単に生きんが為にうよめける群

アイヌとして生きて死にたい願もてアイヌ画をかく淋しいよろこび

今時のアイヌは純でなくなった憧憬のコタンにくゆる此の頃

希望！ ああ希望に鞭うって泣いてゐないで飛出して行け

シャモになる前にひとまづ堂々とアイヌであれと鉄腕を振る

人間の誇は如何で枯るべき今こそアイヌの此の声をきけ

正直なアイヌだましたシャモをこそ憫れなものとゆるすこの頃

アイヌ！　と只一言が何よりの侮辱となって憤怒に燃る

ナニッー糞でも喰らへと剛放にどなったあとの淋し——い静

言葉本来の意味は久しく忘れられてナンたる侮辱の代名詞になっていることであろう——同化への過渡期だ——世の浮薄な概念を一蹴するために故意に「俺はアイヌだ」と云ってのける——反動思想だ——自分では何も彼も分っていながら……まだ修養が足りない……不甲斐なさを自嘲する。

淋しいか？　俺は俺の願ふことを願のままに歩んだくせに

開拓の功労者の名のかげに脅威のアイヌをののいてゐる

不景気は木のない山を追って行く追れるやうに原始林伐られる

美術は慰安である。その製品は生活費としてかすかに助けていたのだ。然るにこの幾何にもならないアイヌ細工は今やどうなっているか。あくことなき魔の手はアイヌの手からさえアイヌの細工を奪ってしまった。信州の山中に。札幌に。函館に。小樽に。而もシャモの手によって製作されてそれが現代のアイヌ細工であるとは……。

単純な民族性を深刻にマキリで彫るアイヌの細工

強きもの！　それはアイヌの名であった昔に恥(はじ)よ醒めよ同族(ウタリー)

勇敢を好み悲哀を愛してたアイヌよアイヌ今どこにゐる

俺はただアイヌであると自覚して正しい道を踏めばよいのだ

悲しむべし今のアイヌは己れをば卑下しながらにシャモ化して行く

罪もなく憾もなくて只（ただ）たんにシャモになること悲痛なことよ

アイヌの中に隔世遺伝のシャモの子が生れたことをよろこぶ時代

不義の子でもシャモでありたい〇〇子の心のそこに泣かされるなり

〔編注〕〇〇子＝原文ママ。特定の人名を想定した伏せ字

正直が一番ン偉いと教へた母がなくなって十五年になる

余市の海辺……語る人なく消る伝説……。

伝説のベンケイナツボの磯のへにごめがないてたなつかしい哉

シリバ山もしそにからむ波だけが昔しを今にひるがへしてる

シャモの名でなんと云ふのか知らないがケマフレ（足赤）テ鳥は罪がなさそだ

人様の浮世は知らず。今日もまた沖でかもめの声にたはむる

不器容とは俺でございと云ふやうな音やかましい発動機舟

増毛山海の雪頂いて海のあなたシベリア颪(おろし)に突立ってゐる

ひらひらと散った一葉に冷めたァい秋が生きてたコタンの秋だ

凸凹のコタンの道の砂利原を言葉そのままのがた馬車通る

シャモと云ふ小さな殻で化石した優越感でアイヌ見に来る

シャモと云ふ優越感でアイヌをば感傷的に歌よむやから

日本に己惚てゐるシャモ共の優越感をへし折ってやれ

アイヌは単なる日本人になるじゃない神ながらの道に出て立て！

まけ惜みも腹いせも今はない只だ日本に幸あれと祈る

はしたないアイヌだけれど日の本に生れたことの仕合せを知る

堂々と「俺はアイヌだ」とさけぶのも正義の前に立ったよろこび

雪よ飛べ風よ刺せナニクソ北海の男児の胆を練磨するんだ！

私の短歌

（遺稿集『コタン』）
昭和五年五月

私の歌はいつも論説の二三句を並べた様にゴッゴツしたもの許りである。叙景的なものは至って少ない。一体どうした訳だろう。
公平無私とかありのままにとかを常に主張する自分だのに、歌に現われた所は全くアイヌの宣伝と弁明とに他ならない。それには幾多の情実もあるが、結局現代社会の欠陥が然らしめるのだ。そして住み心地よい北海道、争闘のない世界たらしめたい念願が迸り出るからである。殊更に作る心算で個性を無視した虚偽なものは歌いたくないのだ。

はしたないアイヌだけれど日の本に生れ合せた幸福を知る

滅び行くアイヌの為めに起つアイヌ違星北斗の瞳輝く

我はただアイヌであると自覚して正しき道を踏めばよいのだ

新聞でアイヌの記事を読む毎に切に苦しき我が思かな

今時のアイヌは純でなくなった憧憬のコタンに悔ゆる此の頃

アイヌとして生きて死にたい願もてアイヌ絵を描く淋しい心

天地に伸びよ 栄えよ 誠もてアイヌの為めに気を挙げんかな

深々と更け行く夜半は我はしもウタリー思ひて泣いてありけり
（注）ウタリーは同胞

ほろほろと鳴く虫の音はウタリーを思ひて泣ける我にしあらぬか

ガッチャキの薬を売ったその金で十一州を視察する俺
（注）ガッチャキは痔

昼飯も食はずに夜も尚歩く売れない薬で旅する辛さ

世の中に薬は多くあるものをなどガッチャキの薬売るらん

ガッチャキの薬をつける術なりと北斗の指は右に左に

売る俺も買ふ人も亦ガッチャキの薬の色の赤き顔かな

売薬の行商人と化けて居る俺の人相つくづくと見る

「ガッチャキの薬如何」と人の居ない峠で大きな声出して見る

ガッチャキの薬屋さんのホヤホヤだ吠えて呉れるな黒はよい犬

「ガッチャキの薬如何」と門に立てばせせら笑って断られたり

田舎者の好奇心に売って行く呼吸もやっと慣れた此の頃

よく云へば世渡り上手になって来た悪くは云へぬ俺の悲しさ

此の次は樺太視察に行くんだよさう思っては海を見わたす

世の中にガッチャキ病はあるものをなど(ぜ)ガッチャキの薬売れない

空腹を抱へて雪の峠越す違星北斗を哀れと思ふ

「今頃は北斗は何処に居るだらう」噂して居る人もあらうに

灰色の空にかくれた北斗星北は何れと人は迷はん

行商がやたらにいやな今日の俺金ない事が気にはなっても

無自覚と祖先罵ったそのことを済まなかったと今にして思ふ

仕方なくあきらめるんだと云ふ心哀れアイヌを亡ぼした心

「強いもの！」それはアイヌの名であった昔に恥ぢよ　覚めよ　ウタリー

勇敢を好み悲哀を愛してたアイヌよアイヌ今何処に居る

アイヌ相手に金儲けする店だけが大きくなってコタンさびれた

握り飯腰にぶらさげ出る朝のコタンの空に鳴く鳶の声

岸は埋め川には橋がかかるともアイヌの家の朽ちるがいたまし

ああアイヌはやっぱり恥しい民族だ酒にうつつをぬかす其の態

泥酔のアイヌを見れば我ながら義憤も消えて憎しみの湧く

背広服生れて始めて着て見たりカラーとやらは窮屈に覚ゆ

ネクタイを結ぶと覗くその顔を鏡はやはりアイヌと云へり

我ながら山男なる面を撫で鏡を伏せて苦笑するなり

洋服の姿になるも悲しけれあの世の母に見せられもせで

獰猛な面魂(つらだましい)をよそにして弱い淋しいアイヌの心

力ある兄の言葉に励まされ涙に脆(もろ)い父と別るる

コタンからコタンを巡るも楽しけれ絵の旅　詩の旅　伝説の旅

暦無くとも鰊来るのを春としたコタンの昔慕はしきかな

久々で熊がとれたが其の肉を何年ぶりで食うたうまさよ

雨降りて静かな沢を炭竈(すみがま)の白い烟(けむり)が立ちのぼる見ゆ

戸むしろに紅葉散り来る風ありて小屋いっぱいに烟まはれり

幽谷に風嘯（うそぶ）いて黄紅葉が苔（こけ）踏んで行く我に降り来る

ひらひらと散った一葉に冷めたい秋が生きてたコタンの夕

桂木の葉のない梢（こずえ）天を衝き日高の山に冬は迫れる

楽んで家に帰れば淋しさが漲（みなぎ）って居る貧乏な為だ

めっきりと寒くなってもシャツはない薄着の俺は又も風邪ひく

炭もなく石油さへなく米もなくなって了ったが仕事とてない

食ふ物も金もないのにくよくよするな俺の心はのん気なものだ

鰊場の雇になれば百円だ金が欲しさに心も動く

感情と理性といつも喧嘩して可笑しい様な俺の心だ

俺でなけや金にもならず名誉にもならぬ仕事を誰がやらうか

「アイヌ研究したら金になるか」と聞く人に「金になるよ」とよく云ってやった

金儲けでなくては何もしないものときめてる人は俺を咎める

よっぽどの馬鹿でもなけりゃ歌なんか詠まない様な心持不図(ふと)する

何事か大きな仕事ありゃいいな淋しい事を忘れる様な

金ためたただそれだけの人間を感心してるコタンの人々

馬鹿話の中にもいつか思ふことちょいちょい出して口噤ぐかな

情ない事のみ多い人の世よ泣いてよいのか笑ってよいのか

砂糖湯を呑んで不図思ふ東京の美好野のあの汁粉と粟餅

甘党の私は今はたまに食ふお菓子につけて思ふ東京

支那蕎麦の立食をした東京の去年の今頃楽しかったね

上京しようと一生懸命コクワ取る売ったお金がどうも溜らぬ

生産的仕事が俺にあって欲しい徒食するのは恥しいから

葉書さへ買ふ金なくて本意ならず御無沙汰をする俺の貧しさ

無くなったインクの瓶に水入れて使って居るよ少し淡いが

大漁を告げようとゴメはやって来た人の心もやっと落ち着く

(注) ゴメは鷗

亦今年不漁だったら大へんだ余市のアイヌ居られなくなる

今年こそ乗るかそるかの瀬戸際だ鰊の漁を待ち構へてる

或時はガッチャキ薬の行商人今鰊場の漁夫で働く

今年こそ鰊の漁もあれかしと見渡す沖に白鷗飛ぶ

東京の話で今日も暮れにけり春浅くして鰊待つ間を

求めたる環境に活きて淋しさもそのまま楽し涙も嬉し

人間の仲間をやめてあの様にゴメと一緒に飛んで行きたや

ゴメゴメと声高らかに歌ふ子も歌はるるゴメも共に可愛や

カッコウと鳴く真似すればカッコウ鳥カアカアコウとどまついて鳴く

迷児をカッコウカッコウと呼びながらメノコの一念鳥になったと

（注）メノコは女子

「親おもふ心にまさる親心」とカッコウ聞いて母は云ってた
バッケイやアカンベの花咲きましたシリバの山の雪は解けます
〔編注〕バッケイはふきのとう
赤いものの魁だ！　とばっかりにアカンベの花真赤に咲いた
名の知れぬ花も咲いてた月見草も雨の真昼に，咲いてたコタン
賑かさに飢ゑて居た様な此の町は旅芸人の三味に浮き立つ

酒故か無智な為かは知らねども見せ物として出されるアイヌ

白老(しらおい)のアイヌはまたも見せ物に博覧会へ行った 咄！ 咄!!

白老は土人学校が名物でアイヌの記事の種の出どころ

〔編注〕土人学校は一九〇一年から一九四〇年にかけて特設されたアイヌ子弟のための四年制小学校。正式名称は旧土人学校

芸術の誇りも持たず宗教の厳粛もないアイヌの見せ物

見せ物に出る様なアイヌ彼等こそ亡びるものの名によりて死ね

聴けウタリー　アイヌの中からアイヌをば毒する者が出てもよいのか

山中のどんな淋しいコタンにも酒の空瓶たんと見出した

淪落(りんらく)の姿に今は泣いて居るアイヌ乞食にからかふ子供

子供等にからかはれては泣いて居るアイヌ乞食に顔をそむける

アイヌから偉人の出ない事よりも一人の乞食出したが恥だ

アイヌには乞食ないのが特徴だそれを出す様な世にはなったか

滅亡に瀕するアイヌ民族にせめては生きよ俺の此の歌

ウタリーは何故滅び行く空想の夢より覚めて泣いた一宵

単純な民族性を深刻にマキリもて彫るアイヌの細工

アイヌには熊と角力(すもう)を取る様な者もあるだろ数の中には

悪辣で栄えるよりは正直で亡びるアイヌ勝利者なるか

俺の前でアイヌの悪口言ひかねてどぎまぎしてる態の可笑しさ

うっかりとアイヌ嘲り俺の前きまり悪気に言ひ直しする

アイヌと云ふ新しくよい概念を内地の人に与へたく思ふ

誰一人知って呉れぬと思ったに慰めくれる友の嬉しさ

夜もすがら久しかぶりに語らひて友の思想の進みしを見る

淋しさを慰め合って湯の中に浸れる友の赤い顔見る

カムチャッカの話しながら林檎一つを二つに割りて仲よく食うた

母と子と言ひ争うて居る友は病む事久し荒んだ心

それにまた遣瀬(やるせ)なかろう淋しかろう可哀さうだよ肺を病む友

おとなしい惣次郎君銅鑼声で「カムチャッカでなあ」と語り続ける

久々に荒い仕事をする俺のてのひら一ぱい痛いまめ出た

働いて空腹に食ふ飯の味ほんとにうまい三平汁吸ふ

骨折れる仕事も慣れて一升飯けろりと食べる俺にたまげた

一升飯食へる男になったよと漁場の便り友に知らせる

此の頃の私の元気見てお呉れ手首つかめば少し肥えたよ

仕事から仕事追ひ行く北海の荒くれ男俺もその一人

雪よ飛べ風よ刺せ何　北海の男児の胆を錬るは此の時

ホロベツの浜のハマナシ咲き匂ひイサンの山の遠くかすめる

沙流川は昨日の雨で水濁りコタンの昔囁きつ行く

平取はアイヌの旧都懐しみ義経神社で尺八を吹く

尺八で追分節を吹き流し平取橋の長きを渡る

崩御の報二日も経ってやっと聞く此の山中のコタンの驚き

諒闇の正月なれば喪旗を吹く風も力のなき如く見ゆ

勅題も今は悲しき極みなれ昭和二年の淋しき正月

秋の夜の雨もる音に目をさまし寝床片寄せ樽を置きけり

貧乏を芝居の様に思ったり病気を歌に詠んで忘れる

一雨は淋しさを呼び一雨は寒さ招くか蝦夷の九月は

尺八を吹けばコタンの子供達珍しさうに聞いて居るなり

病よし悲しみ苦しみそれもよしいっそ死んだがよしとも思ふ

若しも今病気で死んで了ったら私はいいが父に気の毒
恩師から慰められて涙ぐみそのまま拝む今日のお便り

玫瑰（はまなす）の花

はまなす会　昭和六年

故違星北斗

土方した肩のいたみをさすりつつまた寝なほした今朝の雨ふり

名のしれぬ花も咲いてゐた月見草も雨の真昼に咲いてゐたコタン

ウタリ之友

コタン吟（一）

故違星北斗

利用されるアイヌもあり　利用する　シャモもあるなり　共に憐れむ

実を結ぶ為めに　散り行く　花ならば　なにを惜まん　なにか悼まん

卑屈にも慣らされて居ると　哀れなる　あきらめに似た楽を持つ人々

コタン吟（二）

酒故か無智故かは　知らねども　見世物のアイヌ　連れて行かるる

たち悪くなれとの事が　今の世に　活きよと云ふ事に似て居る

仕方なく諦めると云ふ心　これがアイヌを亡ぼした心

正直なアイヌだましたシャモをこそ　憫な者と　思ひしるなり

日記

希望社版『違星北斗遺稿　コタン』に
掲載された肖像写真

（大正十五年）

七月十一日　日曜日　晴天（〔編注〕幌別教会）

今日は日曜日だから此の教会に生徒が集まる。メノコが七人来る。此の人達はアイヌ語で讃美歌を歌う。其の清澄な声音は魂の奥底までも浸み込む様な気がして、一種の深い感慨に打たれた。

バチラー博士五十年の伝道は今此の無学なメノコの清い信仰で窺われる。今更の様に妙音に聞き入って救われた人達の仕合せを痛切に感じる。ヤエ・バチラー氏のアイヌ語交りの伝道ぶり、その講話の様子は神の様に尊かった。信仰の違う私も此の時だけは平素の主義を離れて祈りを捧げた。アイヌ語の讃美歌……あの時の声音は今も尚耳に残って居る。

知里幸恵様の御両親とお宅とを始めて知った。花のお家、樹のお家、池のお家として印象深いものだった。幸恵さんのお母様はローマ字も書けば英語も出来ると云う感心なお方。お父様は日露の役に出征された中々の偉いお方。此の人達の子供さんだから賢いのも当り前だと思った。景色のよい所に住んで居られる此のお家の人達は羨しい。ウタリーに此の人達のある事は心強いと思う。

七月十四日　水曜日（〔編注〕平取）

教会の壁を張替する。下張りしたり上張りしたりするのにかなり手間取る。全く今日の仕事は捗らなかった。欄間と正面の扉の立派な所だけ張る。それで手許が暗くなったので一先休止。晩飯を食ってから応接室の天井と壁の古い紙を剝いで五分の二位下張をやる。残りは明日やる事にした。今日は岡村先生と色々お話をしながら仕事をした。此の村の青年の事、一般の思想に就いて、ヤエ姉様の目下の運動に対する意見の交換、此の村で欲しいもの――浴場と図書館等の事、施薬の事も考えて見た。浴場は一寸お金がかかるらしい。維持費も要る問題だ。けれども欲しいものである。何とかならないものだろうか。岡村先生自転車を欲しいとある。どうもそれは一寸難しい。一個人の便利の為に私は心配する気がない。せめて浴場ならばと考えて見る。

五十年伝道されし此のコタン見るべきものの無きを悲しむ

平取に浴場一つ欲しいもの金があったら建てたいものを

七月十五日　木曜日　晴天

向井山雄氏当地に来る。バチラー博士も来られるとの事で、大至急張り替えをやる。岡村さんのお宅の応接室もどんどんやって了ってから博士が来られた。今日はお祈りをすると云って使を出されたので、七時半から教会に人が集ったが少数であった。鐘はかんかんと鳴る。それが此の小さなコタンの澄み切った夜半の空に響く。沙流川の流を挿(はさ)んだ沢の様な土地に教会の鐘の音の鳴り渡った時、西の山の端には月が浮んで蛙は声清らかに此の聖なる響きに和して歌う。

お祈りの終った頃は月も落ちて、北斗星がギラギラと銀河を睥睨(へいげい)して居た。

七月十八日　日曜日　雨天

中山先生のお手紙にあった歌

ホロベツの花の匂へるヱサシ浜メノコの声音聞けば楽しも

輝けよ北斗となりて輝けよ君はアイヌの違星なりけり

富谷先生より

神よりの使命と叫びけなげにも君わけ入るや人の道にと

道の為踏み出し君に幸あれと祈る心は今も変らず
文机の一輪ざしの花うばら君の心にたとへてしがな
今又読み返して嬉し涙をこぼした。

八月二日　月曜日　晴天
随分疲れた。こんなに今から疲れる様では自炊も出来まい。それなら一体俺はどうする、まさか余市にも帰れまい。自分の弱さが痛切に淋しい。
レヌプル氏が当地では一番先に林檎を植えたそうだ。どうかして林檎をうんと植えて此の村を益したいものである。

熟熟と自己の弱さに泣かされて又読んで見る「力の泉」

八月四日　水曜日　晴天
後藤静香先生からお手紙来る。

先生の深きお情身に沁みて疲れも癒えぬ今日のお手紙

八月十一日　水曜日

有馬氏帰札、曰く、

一、アイヌには指導者の適切なのが出なかった事。

二、当面の問題としては経済的発展が第一である事。

村医橋本氏に会う。曰く、

一、二十年間沙流川沿岸に居る。

二、年寄は仕方もないが若い者は自覚する事が第一である。

後藤先生よりお手紙を頂く。幼稚園に就いての問合せであるが困った事だ。先生としては成程御尤(ごもっとも)であるが、何分にもバチラー先生の直営なのだから……。

八月十三日　金曜日

今夜教会に行って岡村さんが札幌に行かれたと聞く。聞けば幼稚園の事だそうだ。それなら前にお話してあるから同じ事だ。それとも後藤先生が他から何か聞いて、それを此方に訊きたくて呼ばれたのか知ら？　何にしても此の幼稚園は此の村に無くてはならぬものの一つであるから、どうぞ岡村先生がよいお便りを齎(もたら)して下さる様に祈って止まない。

八月十四日　土曜日

岡村先生お帰り。幼稚園の問題だったと。

後藤先生が万一送金を止められてもバチラー先生は園を永く続けるとの事。又此の家（家賃二十円）の問題もあり教会の方を提供して、色々の設備もするとの事であった。

後藤先生は二十六日来られて、バチラー先生方に二三泊される筈との事。

八月十六日　月曜日　晴、夜雨

土方の出面に行く。岡村先生と例の話をする。嬉しい。若しも此の村に此の先生が居られなかったらどんなに淋しい事だろう。今日は栄吉さんの皮肉な話を聞いて一層淋しく、此の様な村はいやになると思うたが、岡村先生に慰められて又そうでもないと思い直す。

勉強も出来ず研究もしないで居る自分は苦しい。まあ気永にやるの他はない。それにしても余市に行って林檎も研究せねばならぬ。その方面のアイヌ事情も知りたいと思う。

後藤先生に手紙を書く。

一、一箇年五十円の薬価――施薬

二、正月と中元に三十円父に送金
三、二風谷に希望園を作る　林檎三百本
四、コタンに浴場を建てたい
五、札幌に勤労中学校
六、土人学校所在地に幼稚園設置
七、アイヌ青年聯盟雑誌出版

八月二十六日　木曜日
札幌バチラー先生宅にて一泊。後藤先生本日来札。

八月二十七日　金曜日　雨天
午後、後藤先生バチラー先生方へ御来宅。金をどうするかと訊かれる。よう御座いますと答える。蒲団は送る様に話して来たと仰しゃった。お急ぎの様子なので碌にお話しない。

八月二十八日　土曜日　雨、時々晴
小樽で後藤先生の御講演を聴く。「帰結」の五箇条。駅で先生より二十円也を頂く。

やれ有り難や。やっとハイカラ饅頭十個お土産に買う。余市に着いたのは夕方。

　叔父さんが帰って来たと喜べる子供等の中にて土産解くわれ

八月三十一日　火曜日

午後十一時卅二分上り急行で後藤先生通過になる筈。中里君と啓氏と三人で停車場に行く支度をする。併し先生は居られなかった。林檎は送るより他に仕方がなくなった。

九月一日　水曜日　晴、未明大雨

今朝日程表で見ると後藤先生は卅日夜に通過されたのであった。

九月十九日　日曜日

後藤先生から絵葉書が来た。「あせってはいけない……」と。本当に感謝に堪えない。コクワを先生に送って上げたいものだが。

（昭和二年）

十二月二十六日

希望社から金十円也と「心の日記」に「カレンダー」を送って貰うた。全く有り難いかな。こうして頂く上からは自分には責任があるんだ。何となく腑甲斐ない自分が淋しい。兎に角金のない時だけに嬉しさは一層だ。半分だけは今日感冒で寝て居る兄に寄附してやろう。

（昭和三年）

一月二十四日　火曜日

千歳ではもう暗くなって了った。附近で聞くとKという人が物の解った人と云うので訪ねて行く。病人があると云って体よくはねつけられた。兎に角飯だけは御馳走になった。

其の隣へ行って頼んで見たが泊めて貰えない。もう一軒Nを訪ねたが駄目。Hも同様。夜も十時過だ。又もや夜道を二里。千歳村に引き返せば十二時を過ぎるであろう。仕方がないから戻る。最初コタンの様子を聞いた人の家に来て起して、三時間許り休ませて下さる様に頼む。まあよかった。其処の親切な人は同情して泊めて下すった。やれやれ助ける神もあるものだ。雪でも降って居たらそれこそ大変だったろうに。

二月二十九日　水曜日

豊年健治君のお墓に参る。堅雪に立てた線香は小雪降る日にもの淋しく匂う。帰り道ふり向いて見ると未だ蠟燭の火が二つ明滅して居た。何とはなしに無常の感に打たれる。

豊年君は死んで了ったのだ。私達もいつか死ぬんだ。

一昨年の夏寄せ書した時に君が歌った

永劫の象に於ける生命の迸り出る時の嬉しさ

あの歌を思い出す。

　永劫の象に君は帰りしかアシニを撫でて偲ぶ一昨年

四月二十五日　月曜日

何だか咳が出る。鼻汁も出る。夜の事で解らなかったが明るみへ出て見ると血だ。喀血だ。あわててはいけないとは思ったが大暴風雨で休むところもない。ゆっくり歩いて山岸病院に行く。先生が右の方が少し悪いなと云ったきり奥へ入られた。静に歩いて帰る。

喀血のその鮮紅色を見つめては気を取り直す「死んぢゃならない」

キトビロを食へば肺病直ると云ふアイヌの薬草今試食する

見舞客来れば気になるキトビロの此の悪臭よ消えて無くなれ

これだけの米ある内に此の病気癒さなければ食ふに困るが

五月八日　火曜日　風

兄は熊の肉を沢山貰って帰ってきた。フイベも少し貰って来て呉れた。

熊の肉俺の血になれ肉になれ赤いフイベに塩つけて食ふ

熊の肉は本当にうまいよ内地人土産話に食はせたいなあ

あばら家に風吹き入りてごみほこり立つ其の中に病みて寝るなり

希望もて微笑みし去年も夢に似て若さの誇り我を去り行く

五月十七日　木曜日

酒飲みが酒飲む様に楽しくにこんな薬を飲めないものか

薬など必要でない健康な身体にならう利け此の薬

六月九日

死ね死ねと云はるるまで生きる人あるに生きよと云はれる俺は悲しい

東京を退いたのは何の為薬飲みつつ理想をみかへる

七月十八日

続けては咳する事の苦しさに坐って居れば蠅の寄り来る

血を吐いた後の眩暈に今度こそ死ぬぢゃないかと胸の轟き

何よりも早く月日が立つ様に願ふ日もあり夏床に臥し

八月八日　火曜日
　中里の裏に盆踊りがあって十一時頃まで太鼓の音が聞えて来た。今日は一度も喀血しない。
西田氏の論文も今日で（了）だ。氏はよくもあんなに馬鹿馬鹿しいまでに反駁したものだ。あの文中只一つ石器時代の事だけは、近頃自分も考えて居たし、又小保内さんにも語って居た事であった。只それだけだ。
　私は反駁に力を入れては醜いと云う事を発見した。今度は西田氏を度外視して只所信だけを述べよう。反駁の為の反駁は読む人をして悪感を起さしめる。

九月三日　月曜日
　昨日午後の四時頃からめまいがして困る。どうも原因は肩の凝りらしい。右の耳がヒーンとして眼がチラチラする。何となく淋しい。やっぱり生に執着がある。ある、大いにある。全く此の儘に死んだらと思うと、全身の血が沸き立つ様だ。夕方やっと落ち着く。

山野鴉人氏から葉書が来た。仙台放送局で来る七日午後七時十分からシシリムカの昔を語るそうだ。自分が広く内地に紹介される日が来ても、ラジオも聴けぬ病人なのは残念。

頭痛がする。今日は少し暑かった。今日はトモヨの一七日だ。死んではやっぱりつまらないなあ。

十月三日　水曜日　雨天

病気してからとても気が小さくなった。一寸歯から血が出てもびっくりする。どうしてこんなに気が弱くなったのか知ら？

永いこと病んで臥たので意気失せて心小さな私となった

頑健な身体でなくば願望も只水泡だ病床に泣く

アイヌとして使命のままに立つ事を胸に描いて病気を忘れる

十月五日　金曜日

山岸先生お出で下さる。私の考では一ヶ月前よりも悪いのではないかと思うと云えば「問題ではない。今日は余程よくなって居るよ」と先生は云われる。ルゴール液は少し位飲んでも何でもないものだと。

十月八日　月曜日
どうも具合が悪い。午後二時頃喀血した。ほんの少しであったが血を見てうんざりした。

十月九日　火曜日
山岸先生お出で下さって注射一本、薬が変った。「氷で冷すように」との事。先生には色々お世話になってなってなり過ぎて居る。何とも有難いやら、勿体ないやらだ。少しでも悪くなると先生に本当に済まないと思う。早くよくなりたいものだ。

十月二十六日　金曜日
山岸先生看病大事と妹に諭し「国家の為にお役に立てねばならぬ」と云われた。生きたい。

　此の病気俺にあるから宿望も果せないのだ気が焦るなあ

　何をそのくよくよするなそれよりか心静かに全快を待て

十一月三日　土曜日

埋立の橋が完成した。此の日松谷の定吉と宇之吉が川尻で難船したのを常太郎が泳いで行ってロップで救うた。

十二月十日　月曜日

夕方古田先生がお出になって一時間半ばかり居て下すったので、金田一先生への代筆もして頂く。浦川君へ『アイヌ・ラックルの伝説』をも送って下さった。

　健康な身体となってもう一度燃える希望で打って出でたや

十二月二十八日　金曜日

此の頃左の肋が痛む。咳も出る。疲れて動かれなくなった。先生にお願いしても今日も来て下さらぬ。何べん診ても同じ事だと先生はお思召しなのかも知れない。

東京の高見沢清氏よりお見舞の書留。

東京の希望社後藤先生よりお見舞の電報為替。

福岡県嘉穂郡二瀬伊岐順村三六四　八尋直一様より慰問袋「心の日記」とチョコレート。

此の病気で若しか死ぬんぢゃなからうかひそかに俺は遺言を書く
何か知ら嬉しいたより来る様だ我が家めざして配達が来る

(昭和四年)
一月五日　土曜日
山岸先生来て下さる。二十瓦の注射一本。これから続けるとの事。よいものであったら何でもやりたい。勇太郎君から八ツ目を貰ぅ。
一月六日　日曜日　(絶筆)
勇太郎君から今日も八ツ目を貰ぅ。

青春の希望に燃ゆる此の我にああ誰か此の悩みを与へし
いかにして「我世に勝てり」と叫びたるキリストの如安きに居らむ
世の中は何が何やら知らねども死ぬ事だけはたしかなりけり

俳句

北斗による書画

句誌にひはり

塞翁の馬にもあはで年暮れぬ　大正十三年二月

電燈が消えても春の夜なりけり　大正十三年三月

日永さや背削り鰊の風かはき　大正十三年四月

夜長さや電燈下る蜘の糸　大正十三年九月

コスモスヤ恋ありし人の歌思ふ

落林檎石の音して転けり　大正十三年十一月

いとし子の成長足袋に見ゆる哉　大正十四年一月

ぬかる道足袋うらめしう見て過ぎぬ

魚洗ふ手真赤なり冬の水　大正十四年二月

畑打やキャベツの根から出し若葉　大正十四年四月

シャボン箱置いて団扇に親しめり　大正十四年七月

寒月やとんがった氷柱きっらきら

夏の野となりてコタンの静かかな　大正十四年八月

熊の胆の煤けからびて榾(ほた)あかり

大熊に毒矢(ぶし)を向けて忍びけり

大正十四年九月

新酒の宴オテナの神話(ゆうかり)きく夜かな

（注）オテナはアイヌの酋長

〔編注〕オテナは「コタンの指導者」といった意味で、厳密には「酋長」という言葉はあたらず、また現在では不適切な表現と考えられるが、この注釈を北斗自身が付した可能性があるため底本に従った

医文学

大正十五年十月一日　二巻十号

書中俳句（二風谷村より）

川止めになってコタン（村）に永居かな

またしても熊の話しやキビ果入る

俳句

（遺稿集『コタン』）

昭和五年五月

浮氷鷗が乗って流れけり

春めいて何やら嬉し山の里

大漁の旗そのままに春の夜

春浅き鰊の浦や雪五尺

鰊舟の囲ほぐしや春浅し

尺八で追分吹くや夏の月

夏の月野風呂の中で砕けけり

蛙鳴くコタンは暮れて雨しきり

伝説の沼に淋しき蛙かな

偉いなと子供歌ふや夏の月

新聞の広告も読む夜長かな

夜長さや二伸も書いて又一句

外国に雁見て思ふ故郷かな

雁落ちてあそこの森は暮れにけり

十一州はや訪れぬ初あられ

まづ今日の日記に書かん初霰

雪除けや外で受け取る新聞紙

流れ水流れながらに凍りけり

塞翁の馬で今年も暮れにけり

雪空に星一つあり枯木立

北海道　樺太新季題句集

昭和六年十二月

「秋」の部

落林檎

「リンキ落つ」虫害、風害などで果樹より落ちたる林檎をいう。

落林檎石の音して転びけり

月刊郷土誌よいち

枯れ葉みな抱かれんとて地へ還る

昭和二十八年三月

詩

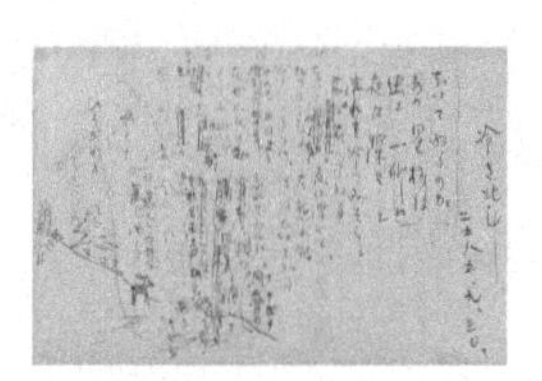

冷たき北斗　下書き

冷たき北斗

小曲

1

アイヌモシリの
遠おい遠い
むかしこひしの
恋ひしやら

2

光るは涙か？
それとも声か？
澄むほど淋し
大熊小熊

3
みんなゆめさと
わすれてゐても
雲るも涙
照(てる)さえかなし

4
北のはてなる
チヌカラカムイ
冷めたいみそらに
まばたいてゐる

（大正十四年ノート）

大空

シュウカントコロカムイ
永遠の蒼穹に輝く。
人力で地球は三角になるとも
大天は人工をゆるさぬ。
おほひなるかな、そら
アイヌモシリ、大空の央(なか)。

二千五百八十五年七月六日

(『緑光土』大正十四年八月十六日)

童話・昔話

「子供の道話」
（大正 15 年 9 月）表紙

熊の話

熊の話をせよということであります。

一体アイヌと申しますと、いかにも野蛮人の様に聞えます。アイヌの宗教は多神教であります。万物が凡て神様であります。一つの木、一つの草、それが皆んな神様であります。そこには絶対平等――無差別で、階級といったものがありません。私の父は鰊をとったり、熊をとったりして居ります。この熊をとるということは、アイヌ族に非常によろこばれます。というわけは、熊が大切な宗教であるからであります。熊は人間にとられ、人間に祭られてこそ真の神様になることが出来るのであります。従って、熊をとるということが、大変功徳になるのであります。その人は死んでからも天国で手柄になるのであります。そういうわけでありますから、アイヌは熊をそんなに恐れません。私の父、違星甚作は、余市に於ける熊とりの名人です。何でも十五六年も前のことでした。こんな時代になると、熊取りなんどという痛快なことも段々出来なくなるので、同じ余市の桜井弥助と相談して、若い人達に熊取りの実際を見せるために、十四五人で一緒に出掛けて行きました。三日間も山の中を歩き廻りましたが、一頭も出会いませんでした。今年父は五十幾つになって居ります。当時は四十代でありましたから、なかなか足が達者でした。弥助も足が達者でした。木の下をくぐるとか、雪の上をカンジキはいてあるかしては、とても二人にならんで歩く様な人はありませんでした。いつでも二人に遅れ勝ちで、二人は一行を待ちながら歩くといった具合でした。シカリベツという山にさしかかりました。弥助は西の方から、父は青年をつれて南の方からのぼりました。例によって父は一行にはぐれて歩いて居りました。所が父の猟犬が父の前に来て盛んに吠え立てます。父はすっかり立腹して了って、金剛杖（クワ）で犬をたたきつけました。犬はなきながら遠ざかって行きました。程経て父の前にやって来て、また盛んに吠え立てます。狂犬になったのではないかと心配しながら又たたきつけますが一寸後へ下るばかり、盛んに吠え立てます。今まですっかり気の附かなかった父の頭に、熊でも来たのではないかしらという考えが、ふいと浮んだので、ふりかえって見ると、馬の様な熊がやって来て居りました。それはもう鉄砲も打てない近い所に、じりじりと足もとをねらって居るのです。咄嗟に父はクワを雪の上へ突立てました。熊は驚いて横の方へまわって、尚も足元をうかがって居ります。この間、鉄砲に弾を込める暇がありませんでした。（三日間も山を歩いたが熊に出会わなかったので、鉄砲には弾を込めてなかったのです。弾を込めたまま持って歩くということは可成り危険ですから）父は鉄砲で熊をなぐりました。たたきました。その勢で熊は二回雪の上をとんばりがえりしました。父は一旦後じさりして、鉄砲に弾を込め様としましたが、先刻熊をたたきつけた際に故障が出来て了って弾が入りません。熊は今度は立って来ました。大きな熊でした。父は頭から肩先をたたかれました。（この時父は太刀――タシロ――を抜くことをすっかり忘れて居たと申して居ります）ねじ伏せられて父は抵抗しました。格闘しました。後からやって来た十二三人の連中は、これをどうすることも出来ませんでした。もし手出しをしようものなら却って自分達を襲って来はしないかという懸念がありました。ただ茫然として、遠巻きにこれを見ているより外仕方がありませんでした。弥助のやって来るのを待ちましたが、弥助はなかなかやって来ませんでした。父の防寒用の衣類も此の際余り役に立たず、頭、顔、胸をしたたかかみつかれました。父は熊の犬歯の歯の無い所を手でつかまえて尚も抵抗を続けて居りました。この時、山中熊太郎という青年が、熊に向って鉄砲を撃つ者はないかと一同にはかりましたが、誰も撃とうとはしませんでした。熊に向って撃った鉄砲が却って格闘している人間に当りはしないかという心配がありましたから。と見ると、父は最早、雪の中へ頭をつっ込んで、防寒用の犬の皮によってのみ、熊の牙からのがれて居りました。一同は思い切って後の方から一斉に鯨波の声を挙げて進んで行きました。熊はびっくりして後ろをふりかえりました。そして人間の上を飛び越えて逃げて行って了いました。実際、弥助のやって来るのは遅くありました。皆んなの介抱で山を下りました。それから大分長い間医者にかかって居りました。

所で、それ程の大傷が存外早く癒ったことを特に申し上げなければなりません。それはアイヌの信仰から来て居るのでありまして、つまり熊は神様だ、決して人間に害を加えるものではない――という信仰が傷の全治を早からしめるのであります。こうした場合、アイヌの宗教上、アイヌは熊をのろいます。そして、熊をのろう儀式が行われるのであります。

其の後、父は熊狩りに懲りたかと申しますのに決してそうではありません。大正七年の「ナヨシ村」の熊征伐を初めとして、その他にも屡々出掛けて行きました。

先程も申しました様に、熊は人間にとられ、人間に祭られてこそ、初めて真の熊になるからであります。

皆さん、お忙しい中をお聞き下さいまして有難う御座いました。その他色々と面白い話もありますが、今晩は大分遅くなりましたので、これだけにして置きます。有難う御座いました。

――鳩里筆記――

（「句誌にひはり」大正十四年七月）

アイヌのお噺（第一信）　半分白く半分黒いおばけ

バチラー八重子伝承　文責　北斗

二人の兄弟がありました。兄さんは強くて大きくて元気のよい方でした。弟は生れつき体が弱くて兄様ほどの元気はなかったのですけれども、正直で親切な弟は村では評判者でした。お母さんの言附けもきかない兄は遊んでばかりいまして、水をくむのも、お使に行くのも皆弟がさせられました。こうして成長するにつれて兄はだんだん悪くなりまして、毎日毎日お酒を呑んで遊んでいました。

もう村では「アアあれか、あれはもうどうにもこうにも手の付けようのない男だ、酒を呑んでけんかばかりする、あんな者はとても相手にされたものではない」と爪はじきにしました。

可愛そうに弟は弱いからだをいとわずに、或時は熊とも闘わねばなりませんでした。又或時は巨濤を乗切ってシリカップの漁に出る。マレップ（ホコ）をひっさげてチイップ（鮭）をとりに川にゆくのです。兄の姿は見えません。

丈夫でない弟にこんなに骨折らしている兄には、この村ではお友達一人もなくなったのです。それでもちっとも憎めなかった兄思いの弟は、一番仲のよいお友達でしたのです。

しかし兄にはこれをそうとは思いませんでした、こんな弟がいるから世間では俺を相手にしないのだ、いまいましい弟だと、自分のいけないのを考えないでひそかに恨んでいました。

ある日のことです、いままでにない程親切に「弟よ今日は釣りに行こうではないか」と申ました。海も静だ天気もよいし、いつになく機嫌のよい兄の顔をみて弟は悦で賛成しました。

それから川を下って海に出ました、例によって弟は一生けんめい車がい[*1]を漕ぎます。アシタポ[*2]で舵をとっている兄はまるでお客様のようにかまえていて「まだ行こう、もう少し行こう」と弟にばかり漕しています。沖へ沖へと半日ただ進ませていました。もう自分達のコタンがみえなくなって高い山だけが遠く小く水平線にみえるだけでした。こんなに沖に来て一体なにするだろうと弟はそろそろ心配になった。けれども一向平気で兄は尚も先へ行こうとします。其の日の夕方にやっと一つの島に着きました。

兄「お前は一寸の間ここに待っていてくれ。すぐ迎えに来るから」。弟を上陸さして兄はどっかへ行ってしまいました。何程待っていても更らに迎えに来ないのです。

すっかりくたびれた、お腹もすいた、日も暮れかかったのです。それでも、今にきっと迎えに来るだろう、と信じていました。そして腰からタバコ入れを取出して煙管をくわえパクリパクリと喫ていました。その時一陣の風と共に、岩かげより大きな人間が現れました。と見ればこれはまた不思議なことにはその巨人は半分は真白く半分は真黒い顔をして、半分白く半分黒い着物を着て、弟の傍にずかずかとやって来ました。やさしい弟はこの怪物をみて怖れるよりも不思議で耐りませんでした。自分が今まで喫んでいた煙管を一寸と袖でふいてそのおばけに「お喫なさい」と差出しました。そのおばけはだまってその煙管を受取ておもむろに一ぷく喫て、怖い相貌をくずしてニッコリ笑いました。

そして「俺は元より怪物である、お前を喰いに来たのである、お前の兄に頼まれたから喜んでお前を喰殺すつもりで来たのであるけれども、お前は実にやさしい人間だ、罪もないお前を殺すのは可愛想である、俺は半分は白く半分は黒いが、これは半分は良心、半分は悪心の魔であって、半年は悪魔の尤も猛烈な時であり、半年は幾分良心に引かされて魔性のゆるやかな時である。お前ももう四五日も遅れて来たならとても助けられもせないのであるけれども、丁度良い時に来たものである、親切で正直なお前の心に免じて助けてあげましょう。サア俺の帯をつかんで歩いて来なさい」と、申しました。

仕方なしに云れるまま怪物の後について行きました。とても歩くのが早くて早くてまるで飛んでいる様です。こんな断崖はどうして昇れようと思う様な処でも何の苦なしに上られます。そして大きな岩屋に着ました。

件のおばけは声をひそめて「今暫らくここにかくれていなさい」と、うす暗い物かげに隠してくれました。

どうなることかと心配しながらじっとしていましたら怖ろしい風音してどっからともなく悪魔が集って来ました。

「アア良い匂がするネ」

「人間臭い、良い匂だ」

怖くて恐ろしくて耐らないのですけれど、そっとすき見しますと、これはこれは半分白く半分黒いおばけの群です。

するとさい前のおばけは「ウン人間臭いのも道理だ。さっき人間の村から飛んで来た鳥が屋根の上でないていた。それだから人間臭いのだ」

「そうかいナァーンダ」

「がっかりするネ」

またも大きな風音と共に帰った様子です。

「サアもう大丈夫だ。出ていらっしゃい。そうだそうだ、お腹がすいているだろう。

よしよし待っていなさい。今ごはんを進んぜよう」と、半分白く半分黒い大きなお鍋に半分白く半分黒いお米を煮ました。そしてお膳もお椀もおはしも、ことごとく半分白く半分黒いものづくしです。沢山ご馳走になり、その夜は安心して一泊しました。

　あくる日でした。

「お前の兄は大そう悪い者であるが、それに引替え弟はなかなか感心であるから良い宝物を授けてあげるにより、大切に保存せよ。村に帰ってもそのやさしき心をなくせない様にしていなさい。此の宝さえあれば一生幸福に暮せるであろう」（宝物は何であるか不明）

「誠に有難う存じます」と、おし戴きました。

その日のうちに送られて帰りました。

　驚いたのは兄です。村の同族に「弟は舟から落ちて行先不明になった」と、よい加減な事を云うていたのがふいに帰って来たのです。

　村の人は大そう悦んで迎えました、それからと云うものは弟は益々評判がよく幸運が続くのみでした。

　つくづくと考えた兄は羨ましくてなりませんでした。其の後ひそかに彼のおばけの島にと舟出しました。けれどもそれっきり兄の消息を知る人はありません。二度と村に帰って来ない兄はどこでどうなったでしょう？

…………

正直で親切な弟はそれからと云うものは本当に目出度く栄えました。（オワリ）

（ウイベケレには兄弟の名が現われていませんでした）

（「子供の道話」大正十五年十月一日）

〔編注〕＊1　車がい　車櫂。船べりに支点を設けて回して漕ぐ櫂。オール。

＊2　アシタポ　練櫂（ねりがい）。船尾で用いる櫂。アシナプ。

アイヌのお噺（ウエペケレ）（第二信）　世界の創造とねずみ

清川猪七翁談　文責　北斗

世界（モシリ）は元と海もなく岡もなく雲の様な泥の様なものでありました。天上大神（カントコロカムイ）が黄金のよし（コンガネシユック）で、突つきました。すると水が一つところに集つまり土が土で又固りました。そして干きあがりまして、水の洋々としている処は海（アドイ）となり、岡は陸（ヤウンモシリ）となりました。万物判然と現れ、そして世界（モシリ）の創造が全部出来あがりました。

この世界（モシリ）を支配する神様（カムイさま）が天上からお降りになることになりました。ところが悪神（ウエンカムイ）がありました……（この神様は何んでも反対するし亦外の神様（カムイさま）をねたんだり羨んだりする悪い神威（カムイ））……心ろ密かにこの世界を自分のものにしようと、悪計をしました。そして

「私がモシリを治めましょう」

と言い出しました。

「イヤ私は天上大神（カントコロカムイ）の命で支配するのです」

と申しましても悪神はなかなか剛情で聞き入れません。よい神様もほとほと困ってしまいました。どちらも、ゆずり合ないので果しがつきません。こういう時ウヌプルパップペと言うて術くらべ、或は智慧くらべ、をやってあらそいの勝負を決定することになります。

そこで、よい神様と悪い神様と、ウヌプルパップペを、やることになりました。

「デハ私は先ず初めましょう。いり豆を畑に蒔ます。この豆に花が咲き実が結ばなかったら私は負けますけれども、若し成功したら貴公は私に服従しなければなりません。」

と、悪神は問題を出しました。

正しい神様は今は、いやとも言れず、それに賛成することになりました。いった豆だからよもや生えようとは思いませんでした。

悪神は、豆をいりました。そして畑にまきました。

すると驚くではありませんか、件のいり豆がぽつぽつ芽を出し初めました。

よい神様は、サア大変だ。これではならぬと、大そう御心配になりました。

このままに捨て置いてはあの豆が軈て成るであろう。今負けては悪神にこの世界が自由勝手にもてあそばれてしまう。はてどうしようと腕をくんで思案していました。

折柄一匹のねずみがちょろちょろと出て来て、

「御心配には及びません。私がこれからあの豆を皆、根を食い切って参ります」と云い去りました。ねずみは遠くよりトンネルを掘って行きました。そして悪神のまいた豆を一つ残らず根を食い切ってしまいましたので、流石の豆も全部枯れてしまいました。

悪神は遂いに負ました。よい神様は大そうお喜びなさいまして、彼のねずみを大そうおほめになりまして、ごほうびとして言渡しました。

「ねずみよ、お前はよく働らいてくれた。今度のほうびとしてお前達はこれから人間の物を喰う事を許可する故に。人間のこしらえたものなら何んでも遠慮なしに食いなさい」

よい神様のお為めになったねずみは神に許され、今に尚お人間の物を食うて生きています。

……（ですからねずみをむごたらしいいじめ方、或は殺しかたをするものではないそうです）……

世界は善い神様をいただいています。（完）

……………

（「子供の道話」昭和二年一月一日）

郷土の伝説　死んでからの魂の生活

海の幸、山の幸に恵まれて何の不安もなく、楽しい生活を営んで居た原始時代は、本当に仕合せなものでありました。

イヨチコタン（余市村）は其の頃、北海道でも有名なポロコタン（大きな村）でした。此の楽園にも等しいイヨチコタンに、淋しい淋しい思で日を暮して居る、たった一人の若い男がありました。

或日の事、何かお魚を捕ろうとして、シリバの沖へやって来ました。陸の方に一人の女が余念もなく昆布や海苔を取って居ます。これはどうも見覚えのある様な姿です。

「似た人もあるものだなあ！」とひとり呟きながら、思わず知らず磯辺近くへ舟を寄せて行きます。見れば見るほど似て居ます。おやっと思いながら、尚も近づけばそっくり其のまま、否、全く其の人なのです。

「あっ！」と奇声を放って棒立ちになりました。それもその筈、あの日頃の思い出の種、死んだ最愛の妻が、寝ても覚めても忘れ得ない其の妻が……夢か現か知らねども、其処に居るので吃驚しました。彼は疑う事も忘れて、「おお、お前は！」悦びの余り、自分の乗舟も打ち捨てて、陸の方へ躍り上りました。

「あれっ！」と驚きの声を立て女は真青になって、昆布も海苔も投げ捨てて、一目散に逃げ出しました。泣きながら逃げて行きます。大つぶ石の多いシリバの渚を、妻はとても早く走って行きます。のめくりつまくり追い縋り、「おい、おおい待ってくれ。何故あなたは逃げるのです？」

併し、必死の勢で走り行く女には追い付かれないのでした。それればかりでなく彼女はシリバの洞窟の中にかけ込んで了いました。

彼も無我夢中で続いて飛び込んで、奥へ奥へと追って行きます。暗くはあるし嶮しくはあるし却々容易ではありません。兎にも角にも一生懸命進みに進みますと、やがて薄明くなり、次第に明くなって、別の世界に出ました。見まわすと、其処にはアイヌチセ（アイヌ家屋）も建ち並んで居ます。明白に此処はコタンです。尚も不思議な事には、此の中には知った人が沢山居ます。そして其の悉くが死んで了った筈の人達ばかりです。

彼女は泣き喚きながら、とある家に入りました。よし、此の家だなと近寄りますと、恐しい二匹の白犬が彼に向って牙を剝いて、今にも喰いつきそうです。怖くて怖くて仕方がありません。併し折角此処まで来て会わずに帰ってよかろうかと、犬に吠え立てられながらもやっとの思で、戸口に近寄り無理にも中へ入ろうとしました。さあ、家の中では大騒動です。

「怖い！　怖い！　生きた人間が来た。決して家の中に入れてはならない」と、堅く締切ってどうしても戸が開きません。そればかりでなく、此の家の人々は恐怖の余り、彼を目がけて灰を浴せかけ、果てはイケマ（草の根、独特の呪）を吹きかけるのです。これには堪りません。併し、折角此処まで来たものを何とかして家の中へ入りたいものだと、表へ廻り裏へ廻りして居ます。そしてカムイプヤリ（神窓）に立った時、エカシ（翁）の声厳かに、「お前は何たる不届者じゃ。此処を何処と心得て居るか。此処は黄泉の国じゃぞ。生きた者の来る処ではない。死んだ人々が此の地に来て矢張生活するのじゃ。生きた人間が決して決して来るべき処ではないぞ。帰りなさい。さあ、早く帰れ。それがお前の為だ」と、さんざんに叱られて、よんどころなく引き返す事になりました。落胆と失望の彼はやっともと来た道を辿ってコタンに帰り、此の事の次第を人々に語りました。其の後間も無く病気になって僂く死んで了いました。

人間は死にますけれども霊魂は不滅であります。シリバの洞窟から彼の世へ行きます。そして其処で我々同様に生活します。それから我々が死人を気味悪く感じ、幽霊を怖がる様に、彼の世の人々は現世の生きて居る人々を恐れるのです……と。

今はシリバの洞窟も石が崩れて埋れて居ますが、之をアイヌはオマンルバラ（死んでから行く道）と云って居ます。神秘の洞窟オマンルバラは今でもシャモ（内地人）もアイヌも畏れ尊んで居ます。間違にでも此の前で小便でもしようものなら、神様からお叱りを受けて、山から石が不意に落ちて来ると信じられて居ます。

◇

嗚呼、シリバの洞窟、アイヌ衰滅と共に、幾多の伝説も語る人なく、之と運命を同じくして、遂には消失するのでありましょうか。

渚に打ち寄せては砕ける濤ばかりは、永劫変る事なく、昔を今にくりかえして居ます。

鰊の余市は伝説の余市です。海から突立って居る断崖絶壁中、北海道第一の称あるシリバ山は、悠久なる日本海を前にして、其の男性的な勇姿を神秘をこめる潮風に曝して居ます。

（遺稿集『コタン』昭和五年五月）

アイヌの童話　烏(パシクル)と翁(イカシ)

自然のままに生活していたアイヌは、貯蓄の必要もなかった程、野にも山にも、川にも海にも日用品が満々とありました。食うことだけは、心配のない時代、それは北海道の遠い昔のことであります。

いつもいつもこんな調子で海の幸山の幸に恵まれるものと安心していました。

ある年のこと、お魚は何んにもとれない、鹿も獲れない。それから木の果も草の根も、限って不作という未曾有の大饑饉が、この不用意な原始社会にめぐりあいました。それだけ人々は、びっくりしました。

ひもじい思いに死ぬ人も日毎に殖えて来ます。

ある日のこと、おじいさんがただ一人で海辺をぶらりぶらりあるいていました。

遥か向うのなぎさに「ピカリ」光ってるものが見えました。

「何だろう?」

いそいそと近寄って見ますと、波に打あげられた鮭(チイチップ)でした。晴れやかな旭日を受けて銀鱗かがやいているではありませんか。お爺様は大そう喜びました。

今にもひろわんとしました時、はっと気が附きました。その鮭の傍には、一羽の烏(パシクル)がいて、おじいさんの来たのも知っているのか、それとも知らないでいるものかその鮭の頭を突ついています。そして逃げようともしません。よくみると、その烏はまた今年のこの飢饉のためか、もう痩せて痩せて骨と皮ばかしで、見るも哀れな姿です。逃げる元気もないらしいのです。お爺さんはじっとみつめていましたが、可愛想で可愛想でなりません。

「鮭を拾いましてもこの烏に気の毒じゃのう。鮭を発見したのは俺より烏の方が先だった。つまり烏のものだ。そうだ烏のものだ。……でも全部はとうてい食べられまい。そうだ」とひとりいい独りうなずき
「からすさんからすさんどうぞこの鮭を半分私に下さいませんか。あなたひとりで残らず食べられないでしょう。だからどうぞ私に半分下さいませ。お願でございます」

鄭重に挨拶して、腰から小刀(マキリ)を取って件の鮭を二ッに身をおろし、そして半分は烏

に半分は自分が貰って又
「イライライケレ」(真に有難う御座います)と、厚く御礼を申述べて鮭の片身を持って吾家をさして急いで帰りました。

おじいさんの家はこの村でも一番貧しい方で、子供もなく、いつも物憂い生活をしている老夫婦でございました。

今、おじいさんが大したおみやげを持って帰ったので、おばあさんの喜びはひとかたではありません。その夜は感謝の祈りを捧げて休息しました。

ひっそりかんとした淋しいコタンも、白々と明け渡りました。

老夫婦は、さて夜があけた、どれ起きようか……としているうち誰れやらの声
「おじいさんおじいさん」

おや誰かが来たようじゃ……

「おじいさんおじいさん」

「はい……誰ですか」

「おじいさんおじいさん私は、きのうの鳥でございます。きのうは本当に有難うございました。

あなたの、御親切は忘れられません。御恩返しに私は何でもノイポロエクス(予感又は予言)をもってお知らせ申します。本日はコタンの浜に大きなフンベ(鯨)が漂

着いたしますから、早速村中の人をお連れして、お出かけなさい」

　お爺様は大喜びで村中ふれまわりました。一同は歓喜の声をあげ、おじいさんをほめたたえました。大きな鯨が沖の方から風と汐とに寄せられてくるんです。

　これはこれは神様のお恵みであると喜びました。それから村の人（コタンアイヌ）は従来の敬虔な心もちにたちかえりました。

「カアカアカア」

　外の人には只これだけより分りませんでしたが、不思議にも一人お爺様にのみからすの言葉がはっきり分りました。よいことも、不幸なことも前もって鳥が伝えてくれるので、おじいさんは仕合せでした。それから後は、村の人はおじいさんを誠に尊敬しました。そしてイカシ（翁）イカシと称ぶようになり老後を楽しく暮したということであります。（完）

（「小樽新聞」昭和三年二月二十七日）

熊と熊取の話

三百年も昔であったら、人間の数も、熊の数も、或は大差なかったかも知れない。熊、熊、熊！

これだけでも、荒涼たる、蝦夷が島を偲ばせて余りある程、熊と北海道は縁が深い。

▽△

石狩の浜増コタンに春は訪れた。カモメなく平和なコタンの人々は鰊大漁の喜びに満ちて夜となく昼となく働らいていた。突如！　巨熊が現れて、平和な里に大なる恐怖の波紋を伝播して、ひらめく大漁旗の旗風にも人々は、熊の不安を直感したのである。それは単なる、噂ではなかった。白昼出没する数頭の熊は、ニシン粕をひっくり返す水に浸しておいた「キリコミ」（北海道名物すし鰊と共に独特な料理）を木桶のまま持って行く。かずのこの俵を「やっこらさ」とも何とも云わずに、ひっかついで悠々と山に運ぶ。「危うきに近よらぬ」にわか君子は武者ぶるいしているのみで誰ひとり働らき手がない。親方（漁場の主人）は、とほうに暮れていた「この熊を退治する者はないか」と。

その頃、上場所（石狩や後志方面）で鬼と呼ばれた剛傑、与兵衛と云うアイヌの青年があった。（積丹の来岸の人で当時小樽港に石工をしていたのだ）「与兵衛を頼む」より上策はないと親方は早速、与兵衛を呼び寄せることになった。

走せ参じた与兵衛は、巨熊一頭を射止めた。その次の日も一頭、また一頭……。人々は与兵衛の手腕に驚き亦信頼した。出る熊、出る熊皆んなやっつけたので、その後だんだん現れなくなった。——人々は今まで後れかした仕事を取りかえす意気込みで一せいに働らき出した。——熊が出ないかと、毎日の様に与兵衛は歩哨に立っていたので人々はやっと安心した。

こうして十数日を過ごしているうち、熊の怖ない話も、忙しい仕事に追れて、いつしか忘れられていた。或る日の事番人（支配人又は番頭）が所用あって倉庫に入った。が、間もなくキャッと声をあげて逃げて来た。

「ヨッヨッ与へ与兵……」

ろくろく口もきけなかった。

「タ大ッ大変だッおやじ（熊のあだ名）がローカ（倉庫）に寝ていた……ハヤクハヤク」

「そうでしたかようございます」と与兵衛は倉庫の戸を堅く〆切って、窓もしっかり〆切り、どこからも熊が出られないようにして置いて、其の日は熊退治に倉庫に入らなかった。人々はなぜ明るい中ち熊退治せないだろう？「きっと与兵衛も怖かなくなったんだべエ」と、口々に云っていました。——与兵衛はめしを食って昼寝する。——日の永い春の日も、とっぷり夜のとばりに包まれて、あやしく光る月影を、夜なく鷗の海に落とした頃、与兵衛は、そっと寝床をぬけ出してオンコの木の弓（三尺五六寸）に毒矢をちがい、只一人件の倉庫へと忍んで行った。ばんや（漁舎）では与兵衛の今出て行ったのは、それとさとっている者の中にはあったが？　夜は静かである。——こっそり戸を開けてそっとしめてローカの中に黒影が忍び入った。与兵衛である。自衛の本能が発達している熊は、第一に目が早い。第二に耳が敏活である。第三に嗅覚が鋭いのである。だから此の際侵入者のあったことは無論知っていたに違いない。たとえ物蔭に忍びよるとも、その微かな音を聴きわけかぎわけて……そして見つかったら最後だ。

一歩はぬき足、一歩はさし足……。

暗い暗い暗闇の、そして広いローカに猛獣の在りかを探ねて……。赫っ!!　と燃え上った火の玉二ッ？　と見えしは正しく熊の眼光である。満月に引きしぼられた半弓から、フッ！　と離れた矢はあやまたず、火の玉一つをかき消した。俄然天地をゆるがし咆哮一声、ドーシン!!!　熊は倒れた。烈火と燃ゆる火の玉一つが、憤怒の力ニシン粕の俵をはねのけ、すざまじい勢で与兵衛目がけて飛びかかった。流石は与兵衛、早くも第二の矢は、急所にグザッとばかり立っていた。ドタンバタン、ドッシーン。怒号して何物かを、かじる音がガリッガリッと妖音暗夜に漂う。――戸外にさっと走り出でた与兵衛、「おおいおい――鬼熊首尾克く打ちとった!! カンバのあかり持って来――い」

大音声によばわれば、かばの木の皮のたいまつを手に十数人が倉庫にやって来た。ガリッ…グワリッ……ウオウウオオ……。「そらッまだ生きてら……ワアワア……」と、逃げかかるを、与兵衛は呼び止め

「心配するなもう大丈夫だ、どれどれたいまつを一つ貸してくれ」

熊に止め矢をモー一本射って――其の夜はそれで休んだ。ナゼ昼に入らずに夜行ったんだろうと人々は考えてもみたが、与兵衛の剛胆と智謀に敬服した。……その後も数頭の荒熊を獲ったので、誰れ云うとなく、鬼熊与兵衛と云われる様になった。（与兵衛の妻は鬼神とも歌われた女傑で夫婦そろって巨熊を退治したと云う珍談も豊富だがいずれ機会をみてお話し申しますが今でも上場所で六十才以上の人にはたいてい知られている。それは単に強いばかりでなく、弱いアイヌの中に珍らしくも男子気があったのだから）

▽△

偖て、与兵衛の話、それは去年やおどどしの話ではない。実に今を去ること七十年も昔のことである。ならば今は我北海道に熊はいったいどれ位居るであろうか？　永劫この通り変るまいと思わせた千古の密林も、熊笹茂る山野も、はまなしの咲き競う砂丘も、皆んな原始の衣をぬいでしまった。山は畑地に野は水田に、神秘の渓谷は発電所に化けて、二十世紀の文明は開拓の地図を彩色してしまった。

熊、熊！　野生の熊!!

その熊を見たことのある現代人は果して幾程かあるであろうか？――本道人は千人に一人も熊をみたことがあるだろうか？　内地の人に聞かせたい。私の父は熊と闘った為めに、全身に傷跡が一ぱいある。熊とりが家業だったのだ。弓もある、槍もある、タシロ（刃）もある。又鉄砲もある。まだある、熊の頭骨がヌサ（神様を祭る幣帛を立てる場所）にイナホ（木幣）と共に朽ちている。それはもはや昔しをかたる記念なんだ。熊がいなくなったから……。「人跡未到の地なし」と迄に開拓されたので安住地と食物とに窮した熊は二三の深山幽邃の地を名残に残したきり殆んど獲り尽くされたのである。――熊が居なくなった。本場であるべき吾北海道だのに「熊は珍らしい」と云ったら、内地の人は本当にするか？

（「北海道人」昭和三年一月　三巻一号）

散文・ノート

違星北斗　ノート表紙
（北海道立文学館蔵）

ウタリ・クスの先覚者中里徳太郎氏を偲びて

アイヌ　違星北斗

文明に逆比例して亡び行くアイヌ、無智無気力な土人として目されていることは、アイヌの為めに誠に残念なことであります。

アイヌには欠点も多かったから今日の悲運に陥入ったのは事実ではありましたが、然し乍ら往古のアイヌにはそれ相応の特徴もあったのであります。今日のアイヌの様な腰抜け民族ではなかったのでありましたが、適者生存の冷酷な淘汰に遭遇した故に廃残のアイヌは成程どシャモには嘲笑侮蔑にふさわしいものでありましたろう。

かくてアイヌは北海道開拓の道具となり、その風俗は内地人の好奇心に満足をあたうる珍となったのであります。

謀計の下手な樸直(ぼくちょく)なアイヌは経済(ママ)の実権はシャモに把握されて、衣食足らない土人となり、下級な労働者間にも鼻下されて虐げられても泣寝入りするより外はありませんでした。

余市大川町一七四に中里徳太郎と云うアイヌの団長がいます。我々は此の人ありと誇りとする程正義の男、熱血の快男児であります。

此の人の全生は奮闘に彩られて居ります。どうしてこの奮起したか？　何かを語る挿話がある。

それは……父の遺訓、五十年前の昔話である。

「徳太郎よ。お前は子供でくわしい事はわかるまい。然しよっくきけ。この父は今シャモのため殺されるところであった。残念で残念でたまらない。俺は余市川の洪水で杣夫（ヤマゴ）の木材の流出をふせいでやった。そして俺のために何万石の損を助かったのである。それでヤマゴ連中が俺にお礼のために、損失をまぬがれたお祝として御馳走してくれたそこまではよかったが。思えば残念である。俺は帰ろうとした。お礼を云うてふと立て下駄をはこうとしたら下駄がない。どうしたろうとさがしていたら『おやんじナニしている』下駄がない。『ナニ下駄がない？　生（な）まいきなことを云うな、アイヌは下駄なんかはいているか』と不法な罵倒をあびせられた。その時並居る一同はこのアイヌ生（なま）いきだやってしまえ、と打（た）たかれた。俺も酒に酔うているし何しろ多勢に無勢でかなわない。シャモの奴等は俺を殺すとて手に兇器を持って『殺せ殺せアイヌ一人ぐらいなんだ、やってしまえ』と総立になってさんざんな目に会された。

やっと逃げて役場の小使様に助けてもらったからよかったが、小使様でも居なかったら、二度とお前の顔も見ることも出来なかったであろう。シャモと云う奴は全く悪い者が多い。徳太郎、お前は大きく成ったらこの恨みを晴らしてくれ。この敵をとってくれ。然し乍らこの恨みを晴らせと云う事はシャモに腕づくで敵をとれと云うのではない。是れからの世の中はなんと言うても学問がなくては偉い者に成られない。お前は一生けんめい勉強してそして偉い者になってこんなにいじめたシャモ共を学問の上で征服してやってくれ。それが何よりのかたきうちであるのだ。わすれるなよ」

と申されて血みどろな父は抱いていた徳太郎の顔に熱い涙がはらはらとこぼされた。

徳太郎氏五才の時であった。子供心にも残念だ、よし!! 俺が大くなってかたきをとらねばならぬ。何んのことはない、父のひざで父と一所に一夜泣き明かした。氏の父はそれが元で胸に異常を起してまもなく非業な最期をとげた。その後は悲惨な生活を続けなければならなかった。色々事情があって親類からもロクロクお世話にもなれず、七ツか八ツの時からもう外の子供と違って生活の心配をせなければならなかった。漁師のなげた鱈の頭を拾って来てめしの代りに食べて冬ごもりしたのは一年や二年ではなかった。九ツの時にようやく学校に行くことが出来た。然し学校もホンノ一二ヶ月間であって、春は鰊の漁場にはたらいて学校は休み、秋は鮭でまた休校の止むなかったのであります。然し父の遺訓『学問を以ってかたきをとれ偉い者になれよ』が寸時も忘れなかった。その精神は実に尊いものであった。学校も優等で卒業することが出来た殊に玉算の親玉と賞されたと云うのも只だ真剣な勉強にあったのであります。

中里氏は実に余市アイヌの先覚者であります。

アイヌの最大欠点は団結心が乏しいことであります。そして同族は出来ることなら競争をさける。同族間から少し偉い者が出ると寄って集って引きたおして偉い者を無くしてしまう。猜疑心が強いので、一寸とも発展は出来ない。中里徳太郎氏は此の欠点を第一に気附いたのであって、ねたまれたのが氏の半生であります。

十六歳の時既に余市アイヌの代表としてさかんに活動したのであったが、惜しいかな氏を心よしとする者が少なかった。外にはシャモと競争し内には叛逆されて折角アイヌが生んだ偉人も名をなすことが出来なかった。

献身的にアイヌの為めにはたらいても中里は理解されずかえって恨みをかうことさえあったのである。それでも氏は鳴呼気の毒な人達だ、自分が『そんなら勝手にせい』と手を引いてはとてもアイヌの発展にならぬ、仕方がない犠牲になる、そして経済的に大いに発展せなくてはならない。とアイヌ増資組合を設立して協同財産の芽ぐみを助けたのであります。氏の熱誠は実に無駄ではなかった。今では余市アイヌばかりではなくすべてのアイヌからも、またシャモからも認められ余市アイヌの神様として敬慕される様になりました。

アイヌの偉人中里徳太郎は必ず残すべきであると思います。先年アイヌ研究の大家金田一京助氏余市にゆき中里氏に会してその熱血悲壮な奮闘談をきき金田一氏はさめざめと泣いたと云う逸話もあります。

我々は此の中里氏あるがために生活にも心強くまた余りに卑屈にならなく学問もシャモと同様に受け得る様に幾分か幸せであった。（学校制度は他のアイヌ部落は特殊であったが氏のお蔭で普通教育を受ける様になった）。

今より五十年前は『ナアーニアイヌ一人ぐらいやってしまえ』の気風があったのであります。私が小学校時代の十二三年でさえアイヌなんか問題にならなかった。私しの学校時代は泣かない日が無いと云う様な惨めな逆境にあったのであります。

それは内地人には信じられないかも知らないが、決して私しはアイヌを売名するでもなくまた高潮するのでもないのである。

私はお母様に励まされていた間はシャモに虐げられてもさほど苦痛を感せずに居りましたが、母は僕が二年生の時にあの世の人となったのでした。私に取っては大打撃でした。私をかばってくれる母、なぐさめてくれる只一の味方がなくなったのでした。今思うとぞっとする様な告白をせねばなりません。

母は私に正直なれと常に訓えてくれました。正直でさえあれば神様もきっと幸せになして下さることとかたく信じていました。子供心に私は正直である決して悪人ではない。母の言う事さえ実行すればきっと運よくなるだろう。僕は偉い者になるんだ。

と大へん想像に喜んでいました。然るにそれは皆ならぎられました。誰よりも正直な父は常に割合悪い仕事にばかりあたります。家は大そう貧乏になり母には死にわかれ学校は余り嫌いな方ではなかったから多くの和人の中に混りて勉強しましたが鉛筆一本も石筆一本も皆外の学生の様に楽々と求められない家庭なのでした。読本などはたいてい古いので間に合せました。或る時などはお米否麦さえも腹一っぱい喰べられない様な事があったのです。私はもう六ヶ年は虐境の中に終ったがもう尋常高等科の方にはとても入校する勇気は無かったのです。そして父と共に地引あみと鰊を米びつとする漁夫になったのであります。

だんだん魚は少なくなって昔の様な大漁は出来なくなったばかりではなく漁業法はやかましくなりまして、鱒は禁漁となり鮎は種子川の名に禁漁となり鰛も鯖もすべて許可なければ漁具は取り上げられ外に罪人として罰金を納めなければならない。父はまた猟師なのでありましたが、それも官札なければ猟に行けない。そこで私は考えました。税金税金で何んでも税金でなければ夜も明けない様なものだ。我我は夜となく昼となく面白くもない暮らしをしているのだがどうも日本て云う国家は無理だ。我々の生活の安定をうばいおいてそしてアイヌアイヌと馬鹿にする。正直者でも神様はみて下さらない『日本は偉い大和魂の国民』と信じていたのは虚偽である、人類愛の欠けた野蛮なのはシャモの正体ではなかろうか。私は日本人の総てが北海道に居るシャモと同じものの様に思いました。土着心のない北海道移住民が日本人の代表と思ったのであります。

新聞や雑誌はアイヌの事を知りもせで知ったふり記事を書きならべイヤが上にもアイヌを精神的に収縮さしてしまった。これではいかぬ大いに覚醒してこの恥辱を雪がねばならぬ。にくむ可きシャモ今に見ておれ！　と日夜考えに更けていた。

が、だんだん考えてみると考える程自分の浅ましかったことがわかる様に成った。シャモの中でも同情の人もある亦た必ずしも我等の敵ではなかった。（中略）私ことの不遇から有難いことは目に附かず只だ侮辱されたことばかり血まなこになって怒ったとは誠に申しわけもないことであった。

ここに於て心から日本好きとなった。徒らに不平を云うより努力に依って水平線に達しなければならぬ。

今日の腰抜け民族でいては我が祖先のアイヌに申訳がない。早く覚醒して立派な民族であることを立証せねばならぬ。旧弊を固守していては鳴き声を高くするばかりであることを悟らないアイヌはただの一人もないことはひそかに悦んでいる次第である。アイヌが日本化することを無上の光栄とするは誠に美しい人情であって真にそうある可きでありますがそれがためにアイヌ自身を卑下するに至っては遺憾千万である。アイヌを卑下しては永遠にアイヌ民族の名を挙げることは出来ない。アイヌ自身が自重して進むことである。所謂る強くなることであると思う。

はしたなきアイヌなれどもたくひなき
くにに生まれし幸思うかな

光輝ある皇国の一員と侍る光栄を欣喜（きんき）すると共に皇恩無窮をかしこみて大和魂を発揮す苔むしまでも美風を伝えんために何か尽すところありたいを願う者であります。終りにあたって一言したい。かようなことを申しては甚だ僭越乍ら（せんえつながら）真に国を思う赤誠から言わざるを得ない。今やアイヌは模倣の域を越えて個性の発揮に向かいつつあって何んのひがみも何んの恨みもないのであるが然乍（しかしながら）日本は精神的にも物質的にも楽観すべきではないこと、すなわち『日本に自惚（うぬぼ）れてはいけない』事を切に痛感するのである。お互に日本国家の為め建国以来の大理想を尊重して神の国を建設し博愛仁慈の平和の神境に一歩もあやまたず進みたいものであります。

（「沖縄教育」第１４６号　大正十四年六月号）

ぶちのめされた民族が（「違星北斗ノート」）

わたしたちの子供の時代、
またその次の時代が来たとき、
ぶちのめされた民族が、
こんなに勇敢に立ち上がったことを自慢に語ってきかせたい。
この立派な民族をつくりあげたのは俺たちであると
言ってきかせたいではないか。
この義務と責任を負せられた大正のアイヌは
人々の光栄としてうらやむことだと思う

（大正十四年九月九日）

アイヌは自己の種族を卑下してはいけない。
己を卑下してい乍ら　他から卑下されたって　腹を立てては　いけないのである

己を卑下せない者こそ　他より　卑下された時　腹立てることの道理なのである
自己が卑下する様な民族なら　他の民族から　笑われても　いたし方あるまい
卑下すべきものとする者は　笑れても　虐げられても　不平を云う理由ないのである
（中略）
自己を卑下めるの愚を敢えてしてくれるなと云事を絶叫するのである。

（大正十四年）

科学は尊い。然れども自然の理法内に於てのみ使用されるものであって、理法内に於て真理を法則に従しめたことである。絶対に法則を越ゆること出来ないのである。人間の今、定める真理は人間だけの所の定めであってはいけない。人間が消滅したって真理であらねばならぬことこそ、科学でも倫理でも人間だけの約束であってはいけない。宇宙に賛成してもらった実証でなくては、誰がなんと云うても人間なんか問題でない様な気がする。

（大正十四年）

偉大なる人間は、また一個人となればホントウに小さなものです。地球に比べたら小さな塵にも等しいことでしょう。してみれば地は実に大地である。しかるに、この大地、この三千世界の宇宙の大きさに比らべたら、地球の人間に等しく、宇宙の塵の様な小さなものとなりはてるのである。偉大なるかな大空よと賛嘆せざるを得ない。我等は大地をはなれて生きられないと同時に大空の恵（自然の理法）をはなれて生活は出来ないのである。大空なるかな。大空なるかな。世界の人種は物質を徹越した大空によって結び合おうではないか。大地につながり、大空で結び合おうではないか。

（大正十四年）

他から何ら取り入れていないアイヌは実は
日本人の姿ではないだろうか
祖先崇拝は大生命の自覚であったとしたら
私しの祖先崇拝は大日本の天照大神より
アイヌのエカシの崇拝が重要ではないか

（大正十四年十一月三日）

アイヌの一青年から

謹んで申し上げます
私(わたく)しは一年と五ヶ月を、東京に暮しました、誠に幸福でありました、これもみんな皆様の御同情と御祈の賜と感謝しています、私しは今度突然北海道に帰ることになりました。折角かげとなりひなたとなって御鞭韃下さった皆様の御期待に叛くようでありますが、どうぞ御許し下さいまして相不変(あいかわらず)御愛導をお願申します。申し上るまでもありませんが人類の奇蹟の如く、日本は二千五百八十六年の古より光は流れ輝いています、建国の理想も着々として実現し、吾が北海道も二十世紀の文明を茲(ここ)に移し、アイヌは統一され、そして文化に浴し日本化して行く。それはたとえ建国の二千五年後(ママ)で少く遅かったにしても、「彌(い)や栄(さか)ゆる皇国」として皆様とこの光栄をともにいたしますことを悦びます。

乍然この国に生れこの光栄を有していても過渡期にあるアイヌ同族(ウタリ)は、果して楽観すべき境遇にあるでしょうか？　昔の面影もどこへやら、精神は萎縮する、民族自身は（或は他からも）卑下する、誇るべき何物をも持っていない、そしてあの冷たい統計を凝視る、至る処に聴く「アイヌ」と云う言葉、それは「亡び行く者」「無智無気力」の代名詞の感があります。本当に残念なこと、お恥しいことであります。これも単に同族の不名誉であるばかりでなく我大日本の恥辱であることを思うと真に大和民族に対し面目次第もないことであります。自然淘汰や運命と云う大きな力であるからどうすることも出来ませんが只だ古俗の研究はとうてい不可能也（なり）とされている今日、誰かアイヌの中から己が自身を研究する者が出なければならないのであります。

今の民族の弱さを悲しむ時は恩恵的や同情的ことにどうして愉快を感ぜられよう。アイヌを恥て外形的シャモになる者……又は逃げ隠れる者は祖先を侮辱する者である。私共は閑却されていた古習俗の中よりアイヌの誇を掘り出さねばなりません。今にアイヌは強き者の名となるの日を期してよい日本人の手本となることに努力せねばなりません。

不取敢（とりあえず）、今の最も大なる問題は「老人の死亡と古俗の消滅と密接な関係がある」から年寄の多い中に研究の歩を進めなければなりません。

私しは伝説や瞑想の世界に憧憬（あこがれ）てアイヌの私し共は最善を尽して出来るだけ大勢に調和することであります。それにはアイヌからすべての人材を送り出し、民族的にも国家的にも大いに貢献し幸福を増進せねばなりません。その為に昔のアイヌ、所謂、純粋が無くなるから無くなっても一向差しつかえないのであります。吾々は同化して行く事が大切の中の最も大切なものであると存じます。こうして同化はアイヌの存在も見分が付かなくなるであろう。それで何の不都合もない。けれど、過去の事実を永遠に葬てはいけない。

　吾ら祖先の持っていた、元始思想、其の説話、美しき瞑想、その祈り等、自分のもの己が誇(ほこり)を永い間わすれられていた、とこしえに消去ろうとしたのを、金田一京助先生の手に依而(よって)危くも救われた。私し共は衷心から感謝するものであります。十年の後には純然たるコタンに参ります、喜び勇んで参ります。

　それにしても何等の経験も予備知識もない貧弱な自分を省るとき心細さを感ぜずには居られません。けれども私は信じます。
東京の幸福より尊く。金もうけより愉快なことであります。そしてこれが私の唯一の使命であることを。

　どうぞ皆様

　私しはこうして東京を去ります。宜敷く御教導の程偏に御願申し上げる次第であります。

大正十五年六月三十日　　違星瀧次郎

（「医文学」大正十五年九月一日　第二巻第九号）

春の若草

違星北斗氏遺稿

開道五十年　其の間に受けた打撃に依って　しおれて居る今のウタリを思う時　涙と恥と　憾みは　尽きません。他からの圧迫も　無論あった事でしょう。けれども　私共の落度も少くありません。本当に　余儀ない事であったでありましょう。アイヌを今日の悲哀に置いたのは　シャモではなく　むしろ　アイヌであったかも知れません。と同時に　将来に於ては　ウタリを救い出すのも　やはり　ウタリでなければならない。

私共は　遂いこの間まで　賤（いやし）められ　侮（あなど）られても　諦めて居たり　虐げられても甘じて居なければならなかった。要するに弱かったのである。

そして「恩恵」だとか「同情」などを　随喜（ずいき）の涙で迎えて居て　己が意気地無さを悲しむ者が少なかった様であります。自他共に無反省に差別して　因襲に依り　卑下して居ました。

然るに　此の頃のウタリは　黙々の中に期せずして「同化」と「進歩」に近きましたけれども　中にはまだまだ楽観を許しません。己を卑下するあまり　アイヌを恥じて　シャモの中に　隠れたり　逃げたりする者もあって　残念な事です。私共は「アイヌ」である事を　遠慮する前に　先ず　正々堂々たるウタリであらねばなりません。それは　それは　恥かしいと思う場合も　多くありましょう。けれども「恥」を意識した時が　一番大切です。この時　隠れてはいけません。逃げては　なお　卑怯です。積極的に打ち勝たねばなりません。

　さりとて　之の隠れる心持や　逃げる心持と雖(いえど)も　又どうしても　憎めない可愛いところもあります。この心地こそ　自覚の最初の門戸であって　正しい覚醒に入ろうとして　扉を叩いて居る様なものです。

　さあ!!　お入りなさいと　開かれたら雀躍(じゃくやく)として　ウタリの誇を握るの秋(とき)です。過去の憾(うらみ)　現在の嘆(なげき)!　それはもう感謝すべき試練であった。幾拾年の永い間　潜んで居た美しい気魄は　伸びよう伸びようとしても　伸び得なかったのでしたけれども　冬眠より解放された　譬(たと)えば春の芽生えの様に　涙の露や　汗の潤いに　はぐくまれて　柔らかな二葉(ふたば)を　地上にもたげ出した　ウタリは美しい若草です。雄々しく伸びんとする　健気さを愛さねばなりません。

　云わず　語らずの中に　計らずも　一致した之の美しき「向上心」を　無限の歓喜

を以て　迎えます。
大正のアイヌは　皆仲良く　助け合い　正しい歩みを　一歩一歩進めて行くと云う事は　実に　壮烈な事ではないか!!
おお!!　同胞よ、今はもう惰眠をむさぼる時ではない。黙って居るさえも　不都合である。伸びんとする　芽生えを　踏みにじる者は　更に罪悪である。
春の若草!　嗚呼　その優しく強きを　倣(なら)わねばなりません。

終り

(「ウタリ之友」昭和八年一月二十日　創刊号)

我が家名

私の三代ばかり前には違星家には苗字がなかった。私の祖父万次郎は四年前に死亡したが、今より五十五六年前にモシノシキへ行ったのである。今こそ東京と云うが、アイヌはモシノシキといっていた（モシリは国、ノシキは真ン中）。まだ其の頃の事であるから教育も行き渡っていない。アイヌの最初の留学生十八名の一人であった。今だったら文化教育とか何々講習生というものでしょう。芝の増上寺清光院とかに居た。

祖父は開拓使局の雇員ででもあったらしい。ほろよい機嫌の自慢に「俺は役人であった」と孫共を集めて、モシノシキの思出にふけって語ったものだった。

その頃に至ってからやっとシャモ並に苗字も必要となって来た。明治六年十月に苗字を許されたアイヌが万次郎外十二名あった。これがアイヌの苗字の嚆矢となったのである。

戸籍を作った当初はアイヌ独特な名附け方法で姓名を決めたものも少くない。万次郎はイソヲクイカシへ養子になったのではあるが、実父伊古武礼喜（イコンリキ）の祖先伝来のイカシシロシが※であった。これをチガイに星、「違星」と宛て字を入れて現在のイボシと読み慣らされてしまったのがそもそも違星家である。

私はこの急にこしらえた姓名が、我が祖先伝来の記号からその源を発していたことは誠に面白く又敬すべきであると心ひそかにほほ笑むのである。

（遺稿集『コタン』昭和五年五月）

淋しい元気（「新短歌時代」）

北斗は号であって、瀧次郎と云う。小学校六年生をやっと卒業した。その後鰊場のカミサマ[*1]を始め或る時は石狩ヤンシュ[*2]等に働きました。どうもシャモに侮辱されるのが憤慨に堪えなかった。そのあたり（大正七年頃）重病して少しずつ思想的方面に趣味をもって来た。大和魂を誇る日本人のくせに常にアイヌを侮蔑する事の多いことに不満でした。今から十年程前の事北海タイムス紙上に出た

　いささかの酒のことよりアイヌ等が喧嘩してあり萩の夜辻に
　わずか得し金もて酒を買ってのむ刹那刹那に活きるアイヌ等

の歌をみて一層反逆思想に油をかけて燃えたものです。私の目にはシャモと云うものは惨忍な野蕃人である、とのみ思う様になりました。

私の思想に最も偉大な転換期を与えたのは余市の登村小学校長島田氏でした。或る日私に向って、「我々はアイヌとは云いたくはない言葉であるが或る場合はアイヌと云った方が大そう便利な場合がある。又云わねばならぬ事もある。その際アイヌと云

った方がよいかそれとも土人と云った方が君達にやさしくひびくか」……私はびっくりした、私は今まで和人は皆同情もない者ばかりだと考えていたのをこんなに遠慮して下さる人——しかもシャモに斯様な方のあるのは驚異であった。

なるほどアイヌと云う場合、土人と云う場合——自分にはどちらも嫌な言葉であったものを——こんなに考えて下さる人があるとは思わなかったものを。その間に私はよいかげんな答をして私は逃げて帰りました。私はその夜自分の呪ったことの間違いであった事をやっとさとり自分のあさましさにまた、不甲斐なさに泣きました。その後（大正十四年二月）東京府市場協会に事務員に雇われて一年と六ヶ月都の人となりました。

見るもの聴くもの私を育てるものならざるはなく、私は始めて世の中を暖かく送れるように晴れ晴れとしました。けれどもそれは私一人の小さな幸福であることを悲しみました。アイヌの滅亡——それも悲しみます。私はアイヌの手に依ってアイヌの研究もしたい。アイヌの復興はアイヌでなくてはならない。強い希望にそそのかされて嬉しかった。東京をあとにして、コタンの人となったのです。目下も常にアイヌの復興の為にアイヌと云う言葉の持つ概念を一蹴しようと逆宣伝的に俺はアイヌだぞと、淋しい元気を出して闘っています。今こそあの時のタイムスの歌が、私を歌で復讐しようと奮起さしたそしてすべての動機をはぐくんだことを感謝しています。

私は強い強い意志の本に益々闘って行きたいと念願しています。
「はしたないアイヌだけれど日の本に生れ合した仕合せを知る」
今こそ感謝の生活に入られる真に生き甲斐のあることを痛快に思います。

（昭和三年一月号）

〔編注〕＊1　カミサマ　神様とも。「鰊殺しの神様」とも呼ばれた。ニシンの出稼ぎ漁師。
＊2　ヤンシュ　ヤン衆。ニシン漁場の季節労働者。カミサマとヤン衆の違いは、ヤン衆には特定の親方との信頼関係がなく、漁場を渡り歩く漁師のニュアンスがあるようだ。

淋しい元気（遺稿集『コタン』）

北斗は号であって滝次郎と云い、小学校は六年級をやっと卒業した。其の後鰊場のカミサマを始め石狩のヤンシュ等で働いた。

大正七年頃に重病をして思想的方面に興味を持つ様になった。十四年二月に東京府市場協会の事務員に雇われ一年半を帝都で暮した。見る物も聞く物も、私の驚異でないものはなく、初めて世の中を明るく感じて来た。けれどもそれは私一人の小さな幸福に過ぎない事に気附いて、アイヌの滅亡を悲しく思うた。

アイヌの研究は同族の手でやりたい、アイヌの復興はアイヌがしなくてはならない強い希望に唆かされ、嬉しい東京を後にして再びコタンの人となった。今もアイヌの為に、アイヌと云う言葉の持つ悪い概念を一蹴しようと、「私はアイヌだ！」と逆宣伝的に叫びながら、淋しい元気を出して闘い続けて居る。

此の念願の下に強固な意志を持って真に生甲斐を感じながら。

（昭和五年五月）

一人一評

うららかな陽のさす路に子供らとあそびほうける不具の子がある
（石川幸吉）

不具の子。不具の子。もうそれだけで冷いかんじです。偏見に陥り易く、またともすれば一人ぽっちで淋しく遊ぶ……誠に可愛想ではありませんか。けれども此処に遊びほうけてる不具の子は今幸福に酔うている。外の子供等よりどんなにか嬉しさを強められていることでしょう。平和の境が眼に見えて嬉しい。然し夢中になって遊んでる子供達の中不具の子がいなかったらさほど気にもとまらないだろう。それから亦不具の子がいても仲よくたのしそうに遊んで居さえすればそれでいい……ようなものの其処になんとなしに心ひかれるいたいたしさを感じるものは何か？　うるおいのある情操の所産はするどい。歌はもとより立派であるが歌としてよりことがらの方がはるかに勝れているのではないでしょうか。

（「新短歌時代」昭和三年七月号）

コクワ取り

たった独で山奥に入る。淋しいが独は気持がよい。私は常に他人に相槌を打つ癖がある。厭なのだが仕方がない、性分なのだから。けれども独になった時は、相槌を打つ様な厭な気苦労から逃れて気楽になる。

だから淋しい中にも一人になった時は嬉しい。

コクワなんかどうでもよいのだ。

（遺稿集『コタン』昭和五年五月）

アイヌの誇り

アイヌからは大西郷も出なかった。アイヌには乃木将軍も居なかった。一人の偉人をも出さなかったのは実に残念である。併し、吾人は失望しない。せめてもの誇りは不逞アイヌの一人も出なかった事である。

朴烈や難波大助アイヌから
出なかった事せめて誇ろう

（遺稿集『コタン』昭和五年五月）

疑うべきフゴッペの遺跡　奇怪な謎

フゴッペの丸山に奇形文字と石偶が発見されたことは、考古学上の一大問題であり、我等アイヌにとっても奇怪な謎であった。

果して何を語るものだろうか。愛郷の念禁ずるあたわず郷土を誇りたい願いは敢て人後に落ちない者であるが、名物の為に学説を断じて曲げてはならない。疑うべきを疑い信ずべきを信ずる、慎重な態度で厳正討究を尽さねばならない。然し軽率に否定して、まかり間違えば貴重な史跡を堙滅に導く恐れあり、或は単なる名勝気分から疑を排して肯定しては、これ亦、日本に生立ったら若き土俗学への害毒であるのである。科学万能に中毒しても困るが、それかというて徒に想像を逞しくしてもそこに確たる傍証がなくしては畢竟想像に了るの外はないのである。

私は、アイヌであることを幸にしてこの土俗学的に、而も実際私共の経験することの出来るものを比較研究して、どれだけの疑問があるかを述べ、併せて江湖の叱正を仰ぎたいのである。

一　フゴッペ丸山

往古「鍋を持たない土人がいて生物（なまもの）ばかり食べていた」というので、その土地を、フーイべと余市のアイヌは名を附けていた。然るに同じ土地を忍路（おしょろ）のアイヌは、蛇が沢山いるところだったのでフウコンベッと呼んでいた。

地名及び領域を調査した開拓当時、はしなくもこの土地が問題になった。余市アイヌは、蘭島とフゴッペの中間の山を境界に余市領だと主張したのに反し、忍路のアイヌは、否、ポントコンポをもって境界とすると争うたという。結局余市の主張したことによって決定して以来フウクンペとなまりて畚部の文字を宛てたという。

ポントコンポとは今問題の中心である丸山の原名である。Pontokompo とはその形が小さいこぶに似ているところから発生した。一名これを Monchashi-kot ともいわれているが、或る人はそれはポンチャシコツの間違いであろう（西崎氏の裏山の事）といわれてはいるが、単に家の形に似ている山というところより、モチャシ・コツと称されたのではなく、フーイべといわれた時代の住宅地跡？　に関係があるものではないかと思われるのである。

私はこの夏、余市における先住民族遺物分布地地図を作るべく調査した時、今の丸山は遺物散布地に囲まれていることと丸山の西北側十間（鉄道より八尺）程の地点に、小さな貝塚のあること等を認めたのであるが、今是を考うるにポントコンポの名称よりもモチャシコツの方が或は古いのではあるまいかと推されるのである。

二　先住民族は非アイヌ？

祖先を尚ぶことは尤もアイヌの特徴である。にもかかわらず、全国を通じて大規模にある遺跡についてアイヌはこれを自分等の祖先のものに非ずという強固な説を立てているのは何を物語っているのか。この生々しい貝塚や、土器や石器の製作の方法も知らず、更に使用の目的も不明であるとはそれは単に長年月を経過したばかりが理由でなく、やっぱり先住民族は非アイヌであることを裏づけているものではあるまいか？

神秘的古典神話を忠実に伝承して来たアイヌが、石器や土器を生活品に用いたということを少しも伝えてないというわけはないのである。アイヌは先住民族を矮小な人種だと伝えていることは既に知られている通りである。私は「だから小人が実在していた」とは結論するものではないが、しかしアイヌ人種以外に他の種族が全然居らぬという証拠にはならない。

殊に尊敬すべき祖先の力作を架空な人種のお手柄に移転するが如きはありうべきことではないと想像するに難くないのである。小人説はあまりにも誇大無稽のようではあるが、その幾割かの事実をひき出す端緒となるのである。即ち当時のアイヌよりも確に背も低かった者がいたというその実在の反映であることは否定出来ないのである。

これについて有力な異説を発見した。先日余市のチャシについて北海道史の附図の相違点を教示してもらうべく、余市第一の古老ヌプルラン・イカシを訪うた時、コロボックルの話を聞いた。

イカシはいう「お前はコロボックルというが、それはそうじゃない Kurupun, unkur というんだ」「クルは岩だ。水かぶり岩だ。ナニ水の底にあるごろんだ（粒々の）石のことだ」「ナンデモ石に親しんだもので恰も石の下にでもいるような人種だからアイヌはこれを形容してクルプンウンクルとよんだもんだ」との意見であった。

（昭和二年七月三日）

私は非常に面白いと思った。私の兄に話したら「馬鹿いえ、水かぶりの石の下……サル蟹じゃあるまいし」と一笑に附されたのであるが、発音は Kurupun, unkur というのが正しいと父もいっていたのである。石に親しんだものだから石の下の人とよび、背が低かったから色々な説話も生れたものであって、要するに実在の重大な反映と做すものである。

クルプン・ウンクル、それは純人類学者によっていずれの人種に属するか？　懸案であると思う。

三　読まない文字

その昔、シャモ（内地人）とアイヌが物々交換をやってた頃は「始まり」と一本ずつ数をごまかされたという有名な話があるが……然しそれでも「十よ」といえば、縄に結び目一つ加えて記録に表示したという。これを学者は結縄文字と名附けている。

我々は文字といえば、直に読むものとのみ思っていたに、読まない文字があった。原始絵画がそれである。また言語といえば声を使うことのみと思われやすいが、全然声を要せない言葉がある。言語学者の説を請売りするまでもなく身振語である。数理にうといアイヌが記憶の継続を計るために発明した記号は「Toppa shiroshi」というて、単に縄ばかりでなく、棒に刻み目を彫けて明確を期したという。私はこれを仮にトッパ文字と命名しておく。世界文明史に一大進歩の足跡を印することの出来た文字でも、その先駆をなしたものはやはり単純なトッパ文字式のものより起り、絵画や象徴的記号が時代と共に発達したことは事実である。

アイヌのトッパ文字について面白い一例を挙げるならば、根室の奥地、標別原野を測量した当時北見から来たアイヌの人夫サンケチャチャがドロの細枝を皮むきにして持って歩き、一日暮すと件の棒に一つ刻み目を入れる。毎日それが彼の日記のように反復していた。そして彼にだけわかる刻木は良く彼の記憶を継続させ直感的に表示されたものだと、間宮鴻一郎氏の談である。

原始的圏内より出でなかったアイヌのトッパ文字は、思想の伝達――言葉を写す符号――とまで発達しなかった。ただ単に記憶を呼び起すために案出された一種の記憶術であって、自分より外には判ずることも出来なければ無論読むことは出来ようはずはない。丁度声を使わない言葉に、身振語があるように読まないトッパシロシが原始的アイヌ民族にあったのである。

四　Ikashi shiroshi

外観、最も文字に似ているものでイカシシロシ（イカシは老翁、シロシは記号）というのと、フチシロシ（フチは嫗）というのがある。その起源については未だ研究し尽されていないが、やはりトッパ文字の本質より発生して案出されたものであろうと信ずる。右の記号は宗教的にのみ存在の意義あるものである。この外にトーテムの表徴か、カムイシロシとて神事に用うるものもあり、又、個人の雅号にも似た記号もあるのである。

アイヌは死後の生活を他界に至って、この代さながらなる霊魂の生活に入ることを固く信じていた。フチシロシは女子に、イカシシロシはそれに対する男子専用のもので、どういうものか二つに分れている。両者とも先祖が伝え残したもので現世と死後の世界へかけて大なる働きを持っている。霊魂の世界に入っている祖先の一氏族は男女の二系統あって、順次死んで逝く人の霊魂は系統をたどって部族の一員に編入さして貰うのであって、その際、男はイカシ、女はフチのシロシを携帯して行かねば、子孫と祖先との血縁が不明であって、従って、あの世に落着くことが出来ないで幽明界に迷うものとされている。であるが故に、死者を葬る時は必ず右の記号を刻みこんだものを副葬するのである。死の国の祖先を系統的に現したものであるから、仏教でいう所の戒名の如く、尊厳なみだりにシャモ（内地人）などへ知らしめないことが原則である。

左のものは上場所を主としたアイヌの記号の一部分である。

五　Ikashi shiroshi　の系統

偖（さて）イカシシロシは前述の通り大切なものであるから秘密にしておく場合が多い。極端な昔堅気なイカシ（老翁）になると、なかなか知らせない。実子であっても低能児の場合は伝えないこともあるという。低能児の場合でなくても子孫へ伝えないで死亡するようなことがあればサア困るのは遺族である。寄ってたかってイカシシロシを糺しあう。すぐわかれば事なくすむが、ややこしくなると大問題である。甲が「※だろう」と言ば、乙は「イヤ仐だ」。丙は「そうじゃない、天だ」「イヤ乇じゃないか？……」「ナニを言てるんだ、※だと俺ン所のウタリー（同族）の物だ」「ナンダとそれは違う。これは俺家の専売特許だ。」とに角にも静粛であらねばならぬ葬斎場が、イカシシロシ一つの為に遺族が喧嘩したという話も聞かされているのである、という程に大切なものであるから、戸主が老年に達してもはや死期近しと悟ると相続人を枕頭に呼び寄せて「我家の先祖は斯々の家柄である」とか、「トーテム的習俗もこれこれである」「カムイイカシソンノシロシは斯々であるぞ」と、恰も一子相伝の如く尊厳に伝授される場合が多いのである。（但し上場所方面を主とす）

然らばイカシシロシは絶対に変改しないかというにそうでもない。或重大な場合のみ原形を破壊せない程度に替えることもある。それはつまり、甲の地より乙の地へ遠征してそこに第二の郷土を始めるときにのみ甲地の大酋長より、或は家長より、カムイシロシやフチシロシを授けられる。余市のK氏族の木より派生したM家が卝に制定伝授された等が即ち好適例である。基本となる一形式をたどって全道のアイヌのこの種の記号を集録したならばアウタリ（同氏族）がどういう経路で散在しているか漠然としているにもせよ、我が同族の内なる系統をこれによって発見されるものではないか。

読まない文字、尋ねれば斯く（か）の如し。土俗学的に見たカムイシロシを傍証として推察の歩を進めたならば、手宮の洞窟に現われた奇怪な記号……果して読破されたであろうか……謎は依然として謎である。フゴッペの奇形文字は、本物であったとしても、これを読み下すべきものではないと私は信じている。アイヌの私がシャモの土俗まで遠征的に研究する程の勇気はないが、然し私の憶測を許して下さるものならば、日本の紋章について、次の如く考えている。アイヌのイカシシロシと家紋とは何等かの関係はなかったか？

日本の商家又は農家には※⧖⊼⟡✕等は、それとそのままの記号がアイヌに今なお使用されていることである。日本に伝わっている家紋も、其の昔日本民族を構成した当時のアイヌ分子が微に残った面影ではなかったか。

彼等が家紋を重んずるのも、我等がイカシシロシを大切にするのも、偶然かも知れないが一致しているではないか。イカシシロシがシャモに渡って家紋となった。しかしてアイヌが単に神秘化したに反して、シャモは図案的に美術化したものではないか。シャモは更にまた階級によって威厳化したものであって……どちらもその案出された当初の意識――起源――をとくに忘れて、読まない文字として探究することができないまでに――推測をもゆるさない程に――進化したもので、二ッとも別な方向に進んだ、元は一つ腹から生れた兄弟ではなかったであろうか。問題を提出して識者の御教示を乞う次第である。

六　Paroat

アイヌは常に無駄な物は製作しない。従って無意味に落書はしない。とにかくイタズラをしない民族である。明治時代に入ってからでも児童に文字を書かせることをさせまいとして抑圧していたという話もある。

アイヌは創作的物事や進取の気象も歓迎しなかったために、文化的でなかったのも、宗教的迷信が二十世紀まで原始の生活を持続さした大なる原由（げんゆ）である。すべてのものに神聖のひらめきを感ずるあまり、悉く（ことごと）神のいぶきの通えるものとなして、すべてのものに生命ありと信じていた。自分達の手によって製作したものでも霊的に生きているからこれを丁寧に取扱う。いよいよ使用に耐えなくなっても放棄してしまうようなことはなく、これを又粗末な捨かたをしない。器物を或る必要によって製作した場合でも決して中途半端にして止めることがない。半ば出来（でか）したまま放棄して置くとその未成品の器物の霊（たましい）が己が使命の果さなかった悔恨が変化（へんげ）となって、その器物の製作を企てた者はいうに及ばず他の人間へも恐るべき祟りをなすものと怖れられているのである。

シャモの学生が修学旅行して、深山において大木に自分の名を刻りこんだり、何か記念に木或は石に刻みを入れることはよくあることであるが、アイヌは絶対にそんなことをする者はない。というのもその記号が妖怪変化となって世に現れると信じているから。穴を掘ることも怖れられている。穴を掘れば地妖に祟られるというので、死人を埋葬する墓穴ですら恐る怖る掘るのであって、それも明日出棺するものならば今日より穴を掘っておくというようなことは断じてなく、死人を墓地に運んでから墓穴を掘るのである。

石偶も作らなければ、土偶も作らない。これは未成品とか完成品とかに拘らず絶対に作成しないのはその物に持てる霊が怖いからであって、石偶や土偶になるとPanpekarnsepa, paroat, というて極端に嫌悪されたものである。

石器時代の遺物に数多の未成品が発見されるが、その点より見ても石器時代人の土俗と、アイヌ人の土俗とがここにも相違点があることが知れる。

製作品に対する恐怖はカラフトに現住するギリヤークでもオロッコ人種*でも共通の思想であると聞いている。父が樺太に長く熊捕り生活をしたので、あちらのアイヌもパロアツの思想を、イホマといって前述のものと同一であると明言している。アイヌは「無意味に穴も掘らない」「木も削らない」「未成作品もない」「物に関するイタズラもしない」という paroat の思想が――恐るべき悪いこと、天災が来る前兆だと深く根ざしてあったことは誠にかくれたる大事実であるのである。

芸術的彫刻の場合でも□(欠)と Kamuiai の様な宗教的用途の物の外にはない。人面なぞはもっての外のことである。

七　呪禁

呪禁(まじない)については未だ研究中に属する問題であって明言はされないが、某氏の憶測を一寸紹介する。

丸山は昔から気味悪い所とされているところで、妖怪が出没するとのいい伝えがある。それもその筈だということが今になって分った。得体の知れない文字、恐るべき石偶があの山に秘められていたから、その悪霊があの附近をして魔の場所となさしめたものだ。察する所クルプンウンクルがアイヌに圧迫された恨みは深く浸み込んでいたので、アイヌの最も嫌悪する呪咀の像をこの山にとどめたもののように思われる……しかして文字は痛恨置くあたわぬアイヌ族を対象に画き現わされたイカシシロシであろう。そして彼等クルプンウンクルは何処ともなく立去(たち)った……のではないかと。

尤も丸山は怪談に富んでいるところではあるが、然し私はこの説に類似すべき土俗を未だ聞いたことはないから、これを否定する力を持合していないが、又この説はとりどころのない極めて幼稚のものであることも注目に価するのである。

土俗学上に尤も重大な根本に触れるものは禁圧方法で、こればかりでも重大問題で到底私なぞのくちばしを入れる処でないから暫くお預りとして置いて、以上列記した傍証をもって正体を探ろう。

八　現状に就いて

丸山は元より孤立した形の山であったというが、全然孤立したものではなく、山と山とが続いていたものであって、明治三十七年函館小樽間鉄道の開通した当時あの山は十尺余切通した跡が歴然と残っている事は誰しも認めている通りである。

爾来時折り彼の山麓より土砂を取り線路の築堤に提供したといわれる。築堤の土質は浜の砂のような固着しないものは用いられない。今回盛土工事に撰ばれた土質は多少粘土の混じているところからであって、件の土砂は全部丸山から崩れ落ちたものである。人の知る如く丸山の南方はフゴッペ川の曲りくねって流れた痕跡があって、最近までヤチであったのである。崖崩れもしなかったならば、もとより豊富に土砂のあり得べき所でない。発見者宮本氏の談によれば、今回土砂の搬出されたものはおおよそ四升六合とのことであるが、然し彼処の地層——表面の腐植土へ年を経て重なり合ったところを――発見者も研究発表者もそこに大なる注目を引かなかったことは該(がい)遺跡にとって寔(まこと)に遺憾千万である。私がようやく聞きつけて馳せ参じた時は、もう地層が破壊されてしまった。かすかに見とどけたところでは、南方ヤチにあたる地平線の砂層を起点として、一尺以上にして最高三尺を出(い)でまいと思う程の古着土があったきりで、余は全部崖崩れの土砂をもって覆われた形跡があった。

十五尺程ほり下げて発見したというのに驚かされたが、それは地平線を起点とした尺度でなく仕事を始めたという丸山の中腹からの話であって、これを正しく地平線から起算するならばほり下げるどころか四尺以上五尺の高所にあることは実見者の等しく合点された事実である。

土砂がなだれて上層をなすに至る以前、即ち原形表土から論ずると、洞窟としての不適地であることが窺われるのである。そこで私は彼処(かしこ)は二三十年この方一度でも彼の石偶のあたり露出したことはなかったかと疑うものである。

ここは畚部(ふごっぺ)川が屈曲して丸山をかすめて流れた頃、ローマンスに富んだフーイベウンクルが川の幸を称(たた)えつつ、北風(ほくふう)を避けたこのあたりに榾火を囲んで談笑した……或年間……も連想されるし……アイヌを怨んで嘆息した……年間……も亦(また)偲ばれる。

九　アイヌの物か

私は未だ発見されない以前にこの丸山の東側より骨片を拾ったが、これは何の骨であるかは判別されなかった。この附近で骨片の発見されることは何も問題の彎曲前面にのみと限ったものではないのであるが、とにかく往古の墓地であったらしい痕跡もある。

　モチャシコツという名称から見ると人間の生活地帯であったことが窺われる。奇怪な記号は謎ではあるけれども、アイヌのイカシシロシと偶合していることより推せば、或はアイヌの遺跡でないかとも考えられる。更にこれを土器や石器が出たということからこれを見ると、クルプンウンクルに近くなり呪禁的作物だという説を取り入れると、アイヌ以外のものになる。西田氏の申された屈葬された形跡……という方面から見ると、アイヌには屈葬の風習は絶対にない。

　芸術的力作としては異論もあり、記念すべきアイヌの作と見たとしたら、アイヌにはそれこそ事誇大に伝承されるはずであるのに全く知られていないということは、記念の意思に反している。殊に上場所第一の古老マサマカ翁は根本的に排斥していること等はどうしてもアイヌの作でないことが、アイヌによって立証されるのである。

　パロアツの思想からこれを見ると一層極端にアイヌ説を遠ざかることになる。ただ問題は記号である。私は憶測する。或はクルプンウンクルにもイカシシロシようのものがなかったか。それを比較して見るとやっぱり、クルプンウンクルの遺せるものであると帰納することが出来る。

然らば果して何を物語るか。あわてて結論に入る前にここに大なる疑問が課せられてあった。本遺跡は果して本物であるか？　の穿鑿如何によって結論すべきである。

十　結論

アイヌの作でないとなると、先住民族のものと見ねばならない。手宮の古代文字を論じた中目覚氏は「実に斉明天皇六年、神武紀元千三百二十年（西紀六六〇年）大正九年を去る千二百六十年前である」というている。然らば我フゴッペのものは果して手宮と前後したものであろうか？

先ずポントコンポの石の性質からこれを見ると唖然たらざるを得ない。岩石については門外漢の私でも砂の固まりだということは分る。あの附近に石切り山があるがその石はあまり石質が軟いので使用に耐えないというので廃棄してしまった。石切り山の石は五寸位の厚さの塊でも激しい点滴に一ヶ年も晒されると崩解して砂だけになるのである。石切山の石よりもむしろ軟い彼の丸山の岸壁は、極めて埋瀾作用に侵され易い性質であることも説明するまでもない。彼の問題の石偶は露出したまま風雨に五年も晒したならば雪だるまの様に影も形もなくなることを保証する。

石偶はどうして出来たか。岸壁を削り而かも浮彫りというよりも独立さして製作した程にあの上壁を削ったであろうか。否、石偶と見えしは多年の間、侵蝕作用に依って剝脱されたが、少しく質の堅味のあった箇所だけ奇妙に残存したものではないか。だからこそ口にも鼻にも年代を証する古色が一寸もないのである（さもなくば新しいから）。

文字を振りかえってみるとそこには古い刀痕が皆無である。よしや刀痕はなくとも彼の記号筆勢を見よ、そこには手宮のものとは雲泥の差があることに気がつくであろう。如何にも細い描線で現された奇怪なる記号はどこに千古の神秘を今日我々に語り得る資格があろうか。土に掩われていたにしても、もすこし埋瀾の痕跡があって然るべきである。指をもってあれに似た文字を二十や三十描くには困難な業ではないといったら誇張だという者もあるかも知れないが、それは決して虚言ではない。彫刻面の角ばっているのはどうしても新しい作とより見るの外はないのである。してみればアイヌの物でもないことは前述の如くであるし、又論じ来ればクルプンウンクルの遺物でもなくなる……？

奇蹟として満足するか。神秘として気休めするかというものであったら、土俗学は単なる思索の遊戯だ。我々は少なくとも摑み所がなくてはならない。一日も早く大家の責任ある研究を切望して、アイヌの土俗学的参考資料の一部分を例証したいものである。偽作じゃないかと疑問をいだく私でも、これを保存するに勉めることには賛成する。伝説の地として、又遺物の散布地域として……。

終に臨んで一言（いちげん）したい。手宮の洞窟についていうこともあるが、他日（たじつ）稿を改めてアイヌの目から見た考察を公開してみたいと思う。

〔編注〕＊オロッコ人種　サハリン（樺太）北東部・南部の少数民族ウイルタ。オロッコは他民族がつけた名称であり現在では用いない。

手紙

西川光二郎主筆

自働道話

大正十三年五月　第百二十一號

目標

◇君子の心は内に向ふ

「自働道話」（大正 13 年 5 月）
北斗初投稿

「自働道話」(「手紙の中から」欄)

大正十三年五月　一二一号

違星竹二郎様より

謹啓時下春暖の候愈御隆盛の段奉賀候

一昨日はわざわざ自働道話を御送り被下有がたく厚御礼申上候兼ねて奈良如翁先生より承り居り小生も希望致し居る折柄御鄭重にも御配送被下幸甚至極に存じ候爾後謹読仕り度く何分御教導被下度御願申上候当地は御存じの通り鯡(にしん)の産地にて候間多忙一方ならず候何か申上げ度き儀も之(ママ)有候共後日にゆずり只だ御礼のみ申上候会費儀は鯡場揚げにまとめて差上可く候間御了承被下度御願い申上候先は御礼旁御願申上候(北海道　余市)

大正十三年十一月　一二七号

違星竹二郎様より

拝啓愈々秋次の候益々社会善導のため御奮闘の段誠に皇国のため慶賀に存じ奉候就て

は先般はわざわざ吾が北海のはて迄もおいといなく御来駕を給い正義を高唱せられ候いしは御勇しき事に御座候、小生は貧乏ひまなき身とて御礼状も差上げぬ中に早や先生より御玉翰を戴き御礼の中上様も無之候色々御親切に御教導被下有がたく厚く御礼申上げ候来る十月号自働道話を一部余分に御送り被下度御願い申上候先は御礼旁一寸御願い申上候

敬白

外つ国の花に酔ふ人多きこそ
菊や桜に申しわけなき

大正十五年八月　一四八号

違星北斗様より

先日は誠に有がとう存じました。私は感謝いたし乍ら、今日の出立となりましたことを悦びます。もう少しの違い(ママ)でこの列車に遅るるところでした。間一髪の処で車中の人となりました。私は本当に嬉しかったことを申上ます、それは高見沢様と同奥様がわざわざ駅に御見送りして下したことです何と云う幸なことでしょう。私の主人はこうして手厚い御事をなされて下さいました、涙がひとりでポロポロ飛出しました。私は東京の方を遥かに合掌し三拝いたします。なんと幸な男でしょう。逆境より起きた

私は、すべての人に理解されました。第一に父が……兄が、友人が、東京では先ず第一に西川先生が、高見沢様が、額田様が又その他の人々及び私しのこの仕事に声援して下さる諸先生が……ことごとく私しの前途を拓いて下したのであります、うれしくてうれしくて万年筆が列車のゆれるよりも嬉しさに踊り出します。本日額田君外杉沼様が御見送下さいました、ではサヨウナラ皆様御機嫌克く（七月五日午後十時半）

大正十五年十月　一五〇号

違星北斗様より
家事上の都合により昨日当地に参りましたついでに少々研究もあります故九月十日まで当地に居ります、それからやはり沙流郡平取村の我が家に帰ります、余市は涼しい　デモ平取村よりも少し暑い気分です。来年から平取村にリンゴの苗木を少し植附けますこの地方に研究的に林檎園を経営してみたいものです、それらの事も余市でなければ出来ない相談です、兎に角く、一生けんめいであります。（北海道）

大正十五年十二月　一五二号

違星北斗様より
来月から新冠の方面に参りたいと存ます。労働はとても疲労します従って皆様に御無沙汰勝になりまして、申わけもありません。どうも郵便局が四里も遠くなので、切手を求むるのが骨です。

幽谷に風嘯いて黄もみじが、
　苔ふんでゆく我に降りくる
むしろ戸にもみじ散りくる風ありて
　杣家一っぱい煙まわりけり
秋雨の静な沢を炭釜の
　白いけむりがふんわり昇る
干瓢を贈ってくれた東京の
　友に文かく雨のつれづれ

（北海道）
昭和二年三月　一五五号

違星北斗様より

前略（去年高田屋ヵヘィ百年祭でありましたと）旅行してより今日で十日にもなります。

日高のアイヌ部落はたいてい廻ることが得られるのが嬉しい。

平取の我が本陣に戻るのはそうですネ今日は十四日だから十八日頃でしょう。

北海道は雪と申します。けれども十一州その所によりけりですす日高は尤も雪の少ない処ですこの辺は一寸位です。

余市は三尺以上もあるでしょうに高田屋嘉兵衛氏の末孫がここの村を開きました。今は貧しい旅館を営んでいます。(今日の宿北海道、日高三ツ石)

昭和二年五月　一五七号

違星北斗様より

お手紙を出さねばならぬ事を気にし乍ら、ずい分と永い間御無沙汰いたしました。先月小生は平取を急に出立しました。宅の方で兄の子供が病死したのでした。それ以来余市に居ります。鯡を漁してからまたあちらの方に参ります考です。何しろ家は貧いので年から年中不幸(ママ)ばかりしてはいられないから春の三ヶ月間は一寸とでも手伝しようと思ます。五月中頃からまた、日高方面に入り込みます大漁でもして少しお金が出来たら天塩方面にも視察してみたい考えです。ですが未定です。余市はまだ雪が五尺以上もあります。昨日ウタグスの漁場に雪掘に行きました、山のふもとは丈余浜の方で七尺五尺四尺位もあります。

こんな雪の中でもやっぱり金魚やが昨日から見えました。先は一寸御礼旁御伺申上ます(三月十四日北海道)

昭和二年六月　一五八号

違星北斗様より

お手紙ありがとう存ます目下ウタグスと云う断崖の下の磯に漁舎を□(欠)てそこに起居してニシンの漁にいそしんでいます。今年は例年にない不漁です。先日奈良ノブヤ先生がいらしてこのウタグスのバラックで一夜を明しました。先生からお土産をいただきました。それは曾て東京で西川先生からいただいた焼のりをわざわざノブヤ先生が私に持って来て下さいました。ナンダカ堅苦しい様な気分の中でもとに角く西川先生からのと思うたとき何ともたとえかたなき嬉しさが湧きました。厚く厚く感謝いたします。

………………

本年の鯡は余市始って以来の最大不漁にて殆んど閉口仕り候、就ては再度の上京も遺憾ながら見合せる可く候（北海道、余市）

昭和二年七月　一五九号

違星北斗様より

北海道へお出でなさる由指折数えてお待していています。当地では九日十日十一日は余市神社祭であります。お祭りにいらっしゃる事になります。さて十日の東京出発なのでしょうか？　十日の余市着になるのでしょうか。いずれ奈良先生にお伺したら分るでしょうが………私は病臥一ヶ月でようよう快方に赴きましたお多用の奈良先生から連日の御見舞状でしたので病床への修養が出来たのか全快に力あった様に嬉しい。

とに角全快の嬉しさに先生をお迎え申事の出来るのも限なく喜ばしゅう存ます（北海道）

昭和二年八月　一六〇号

違星北斗様より

大正十五年七月五日でした。上野駅より出発しましたのは……もういつのまにか、記念すべき一周年が来たのですちょうど、明日七月の七日が北海道のホロベツに、東京から持って来た思想の腰をおろしたもんでした。

其の後はどんな収かくがあったでしょう、かえりみる時に、うんざりします。或る時はもういやになっていやになっていたまらなく(ママ)なりましたことも度々ありました。本当に考えてみると東京の生活が極楽てした(ママ)。好きこのんでやっている私の最初の一歩は全く危ういものでした。私が一番苦しめられた事は、親不孝だったことです。私を案じている父の身を考えた時金にも名にもならない事をしている自分……そして何の反響もない自分の不甲斐なさに幾度か涙しました。

……………

今もやっぱりそうです。けれども私はバチラー博士のあの偉大な御態度に接する時に無限の教訓が味わわれます。私はだまってしまいます。去年の八月号だったと思ます。道話に出てた「師表に立ツ人バ博士」は本当でした。

反響があろうがなかろうが決して実行に手かげんはしなかった。黙々として進んでゆく博士には社会のおもわくも反響も、宛にしてやっているのではなかった。(ママ)ことを思うと自分と云う意気地無しは穴があったら入りたい様な気持になります。

皆様が色々と私の身の上を御心配して下さいました事を感謝します。あの時（昨年）私に云って下さった、高見沢様の言葉が今でも泌々と感じています。私はやっぱりだまって歩くより外に道はない否でもおうでも行かねばならぬと、力こぶを入れています。どうぞ御鞭韃下さい。先生には御無事にお帰りになられた由お祝申し上ます。本日は御鄭重な御手紙及御菓子を下さいまして誠に有難う御座います。

先日、高見沢様より結好(ママ)なもの（上等反物一反）下ださいました。何とも御礼の申上げようもありません。どうぞ先生からも御目にかかれた節どうぞ宜しくと厚く高見沢様に御礼申し上げて下さいお願申し上ます。

今日は亦、東京からの、おいしいお菓子を送って下さいましたので、子供等は申すまでもなく大供までもよろこんでたべました。こんなに沢山お送り下さいまして誠に有難う御座います。甘いものに気の着いた雪子様にも特に宜敷く御礼申して下さい。「子供の道話のお菓子」で皆子供と一所(ママ)にパクツキました。父からも兄からも亦子供からも宜敷くと……皆になりかわって厚く御礼申し上げます。原稿用紙も沢山頂きまして誠に有難う御座いますこんどから一増勉強します。

私は第二年目に入るのです。出陣を祝う如く甘とうの旗頭が武者ぶるいしてお菓子を食べました。先は不取敢御礼申上ます。

だんだん暑くなります。今日霧がかかって涼しいが昨日あたりの暑は格別でした　サヨウナラ（北海道余市）

昭和三年二月　一六六号

違星北斗様より

あの後は色々と不都合なことばかり起きて心配ばかりしたものであります。今はやっと心配も一通りかたづいたので切角上京しようと思っても出来なかったものだからこんどはアィヌ研究に一心になり、目下コタン巡視察を目的に行商して歩いています。薬を売って歩いています。その薬も小樽の人のお世話で、大能膏と云う膏薬一方であります。不景気なせいか、或は新米のせいか、売行きが悪くて困りますが……然し目的はとげられそうですから一そう努力して歩こうと思ます。

第一歩は美国郡美国町それから古平郡古平町それから帰りしなに今余市の郡部を巡っていますここは、湯内と云う村です。お正月には石狩の国を巡りたいと思っています。ナニシロ今度こそは本当に自由の身になったものですから大いに年来の希望に向って突進出来ます。

よろこんで下さいませ。

今年は全く心配ばかりしていました。
塞翁の馬にもあはで年暮れぬ。
こんどこそ塞翁の馬に会ったように思ます。諒闇はあけるし。
めでたい年を迎えられます。
昭和二年の私の表語。(ママ)根強くまじめに……来る三年もやっぱりこの表語をかかげて進みましょう
今日は一週間ぶりで帰宅します
今年は除夜の鐘をつきました。
俺のつくこの鐘の音に新春が生れて来るか精一っぱいつく△新生の願は叶へと渾身の力を除夜の鐘にうちこむ
不取敢厚く御礼申上ます御一同様へ何分よろしくと願ます。
（額田真一君からは毎度嬉しいお便りあります）
十日頃からそろそろ出発します
二十日頃には
石狩国浜増郡小札内村能登西雄氏方へ参ります予定であります
石狩から天塩へ出で天塩から北見の方に廻るそして三月末つ頃余市へ来て四月末頃こんど樺太方面へと大よそのプログラムを作っていますこんごは大いした心配もありま

せんから大いにやる考えであります
またそのうちにお便り申上ます
　写真機を手に入れて行く先の名勝やそれにちなんだ古伝なぞを通信するようにして
　コタン巡礼の費用を生み出したいと思っています
　今日は小樽市まで来ています三四日遊んでそれから余市へ帰ります。

昭和三年四月　一六八号

違星北斗様より
とても寒くて困りますここは白老村です。三年ぶりで来てみれば親しい友は逝れてい(ママ)るし友人一人はまた追分駅に出ていて不在だし全く淋しい。土人学校が新校舎になっていたのだけは少し嬉しかった。山本先生も留守高橋土人病院長も留守と云うので一層物足りない。余市の方から手紙が表記の処へ廻送されてあった。いつに変らぬ額田真一君のなつかしいお手紙もあった。明後日はホロベツ方面へ参ります。石狩国視察は中止して日高胆振方面にしました。御一同様になにとぞよろしく。(北海道)

「子供の道話」手紙

大正十五年九月一日
違星北斗

北海道から

第一信

色々お世話様になりました。厚く御礼申上ます。昨日バチラー八重子様の家に着きました。この村は三百戸ばかりの小さな村です。アイヌは三十戸ばかりもありましょうと思われましたが漁家と農家と二三戸の商店とです。
平和な村と申しますより淋しい程静な村です。汽車の音が、たまにするだけで海の浪の音が今日はきこえませんが、昨日はゴーゴーとそこひびきのあるすごい浪音でした。野には名の知れぬ草花が雲雀のお家となっています。近々中平取方面に参りたいと思ます。それにしても当家を根拠にしてと存ます。いずれまたお便り申します。

〔編注〕大正十五年七月八日ごろ書かれた手紙と思われる

第二信

謹啓

色々お世話様になりまして誠にお有難う御座いました。この附近をぐるぐる視察して近々中に日高國平取村方面に参りたいと存じていますので遂い失礼していました。昨日白老村に参りました。ここには二十三年前に奈良如翁先生が土人学校を初めて開校された当時の校長であったと聞かされていたなつかしい学校がここにあるのです。先ずこの学校に立寄り今の校長にお会いいたしました。奈良先生以来五代目の山本儀三郎先生はきわめて立派な性格の持主です。この人格者にして初めて土人教育も成功するもの也と思ました。この学校に来る前にも虻田方面の臼村にも居たそうでとに角土人教育二十年余も続けて来たお方です。私しは全アイヌ族にかわりて厚く御礼申し上げました。アイヌの教育の実際も初めてみました。そして先生が児童の頭脳から通して将来の観察は私し共の本当にうれしい報告でありました。子供になにかお話しをして下さいと先生よりの御注文なので一寸と困りました、その時すぐ子供の道話を思い出しました。あいにくその時は持って行く事を忘れて残念なことをいたしました。こんどはこの道話を一つ教科書にして子供の為になる様なことを宣伝したいと考えています。まだまだ楽観すべきではありませんけれど然し大部私し共の喜ぶべきものがあります。

　こんどあの土人学校のなにか参考になるらしい様なものをお送りしたいと存ます。私しは今アイヌの児童に美しい心を植えて行くには先ず己が一番近い趣味から入れたいと存じます。アイヌの道話的お話しは沢山あります。この間も面白いのをききました。まだ原稿には綴りませんが、これなども発表される機会があってそれを更(さ)らに逆輸入的にアイヌの方に宣伝したらきっと皆がよろこんでくれはしまいかと存(ぞんじ)ます。それはそうとしてもあのコタンの学生は七十人程も居ります。それで私しはこの学童の半数でなくとも二十冊ぐらいの子供道話をお送り下さいますことが出来たらどんなにか嬉しいのです。ナーニ、月おくれでもかまいません。古くてもどうでもよいからこの可愛アイヌの子供に寄贈して下さいますならば本当に有がたい事です。どうぞお願(ねがい)です。お送本下さい。白老土人学校は奈良先生と縁拠(えんこ)も深くそして二十三年も歴史を持っています。こんどまた校舎を増築して開校記念会を催して奈良先生を御招待したいと山本儀三郎先生が申しています(日時は未だ未定)

私しの今居るところヤエ・バチラー様のお家は大日本聖公会教会です。本日日曜でしたので子供が少数参りました。何より驚いたのは婦人の数多が来たことです。不完全な日本語を使っているメノコ（女）達が神の愛に救われているのです。文字もよめない人々はいつの間にかアイヌ語ヤクの讃美歌を覚えてそして今日お祈はアイヌ語でやるのです。シャモ（和人）もまじっていますけれどもアイヌのメノコのこの健気な祈をききまた見て只私（ただわたく）しは驚きの外ありませんでした。

今日はまあこれくらいにして筆をおきます。

ホロベツのはまのはまなし咲き匂い
　イサンの山（向に突出している岬の）の遠くかすめる
アイヌ小家あちこちに並びいて
　屋根草青く海の風ふく
白老の土人学校訪ぬれば
かあい子供がニコニコとしてる
奈良先生が土人学校ひらきてより
　二十三年の今もなおある
コタンに来てアイヌの事をききたれば
　はにかみながらメノコ答えり

〔編注〕大正十五年七月十一日ごろ書かれた手紙と思われる

第三信

謹啓
愈御清栄の段奉賀候
小生事御蔭様にて無事に而も労働いたし居候間乍他事御休心被下度候
陳者先般は早速子供の道話二十冊御送り被下れ誠に有がたく感謝いたし居候
内訳十五冊は白老土人学校（校長山本儀三郎氏）に学生回覧いたさせる可く御送申上候処昨日山本先生より御礼状参り申候西川先生に何卒宜敷く御礼申上被下度と伝言有之候。残高五冊は、（長知内学校に三冊、荷負小学校一冊、当地平村秀雄氏一、同キノ子、一冊）配本仕候いずれも感謝いたし居候。長知内も荷負も白老も皆土人の学校にしてこの有益なる雑誌をこんなに皆様にお分けすることを得たことは誠に嬉しき事に御座候。八月号も二十冊御恵送被下度（月おくれにても可）只一ヶ月では本当の宣伝になりませずと存られ申候間右御願申上げ候。例のアイヌの道話は目下多忙に付き原稿にするいとまとて無之候、小生は最初の予定の如く参らず目下生活の為労働して居候次第にて朝早くより夜遅くまで働きその余暇は雨の日と雖も部落訪問をいたし多忙はとても東京に居たる時より以上にて御座候。あまり多忙でとても原稿のまに合ないと考えて居候間。長知内の校長奈良農夫也先生は有名な奇人か偉人か変人として知られ居候処この程御目にかかり驚き申候。長知内校は公立にて普通の学校にて御座候らえ共、実質上和人三人以外は全部土人にて約六十人有之候。この学校長はどうみても現代ばなれした奇人にてこの人なればこそ土人学校に十六年も勤続したものに候。この先生にはアイヌ語は申すに及ばずアイヌの神詩（カムイユウカラ）などは金田一先生以上（以上は少し申し過ぎかも知れませんが、とにかく）アイヌ通として、アイヌよりも他からも敬せられて居候。この先生はアイヌの道話は沢山持っているが、奇人めいた先生は発表（殊に自分の名を書せず）などはめったにせない人にて御座候。先日むりにお願してお話しをきかして下さいと申したが話さなかった、から原稿をお願申候処ローマ字で書いてもよいか（アイヌ語を入れて書くにはローマ字が必要だから）とのことにて御座候。学界よりも注目を集めているこの先生が書いて下さることなら更らに面白いと考えてそれでも結構と申候処、まあそうでなくてもよいかしらなどと申居候。然し今は多忙だからいずれ、書ます、と申し居候間、八月か九月頃には匿名にて先生の御手許に着くことと存ますから其の節宜敷く御願申し上げ候。少し変り方がひどい方なんで他から物をただもらう事の大きらいな人にて御座候間若その原稿が御手許に着候ともその代りとして雑誌を送ったりしては奈良先生のお気に入りに不相成候間その点殊に御注意被下度子供の道話は毎月三部づつ回覧文庫に寄附したく存居候。アイヌの生徒、それは可愛ものにて御座候。只々この上経済的に伸さねばな

らぬ事を痛感申候
アイヌの道話（半分白く半分黒いおばけさん）を書きます少し短かいからイヤ、かえって短篇の方が雑誌にはよいかも存ません、近日中記き可申候
こんどの雑誌の配本予定、白老土人学校五、長知内学校三、荷負（土）小学校三、平取アイヌ幼チ院一、上貫別（土）小学校二、二風谷（土）小学校三、外小生三、（月おくれにても可）お願申し上げるも誠に恐入候らえ共右何卒御願上候　敬白

〔編注〕大正十五年七月下旬ごろ書かれた手紙と思われる

昭和二年六月一日

違星北斗様より

お手紙いただきまして、うれしく拝見いたしました。「子供の道話」は早速、私共の少年部に二たわけにして、回覧さしています。大そう成績がよいようですから、これを永続さしたいと念願してます。

伝説のベンケイナツポの磯のへに
かもめないてた　なつかしい　かな

（北海道　余　市）

コタン創刊号

同人誌「コタン」（1927年）表紙

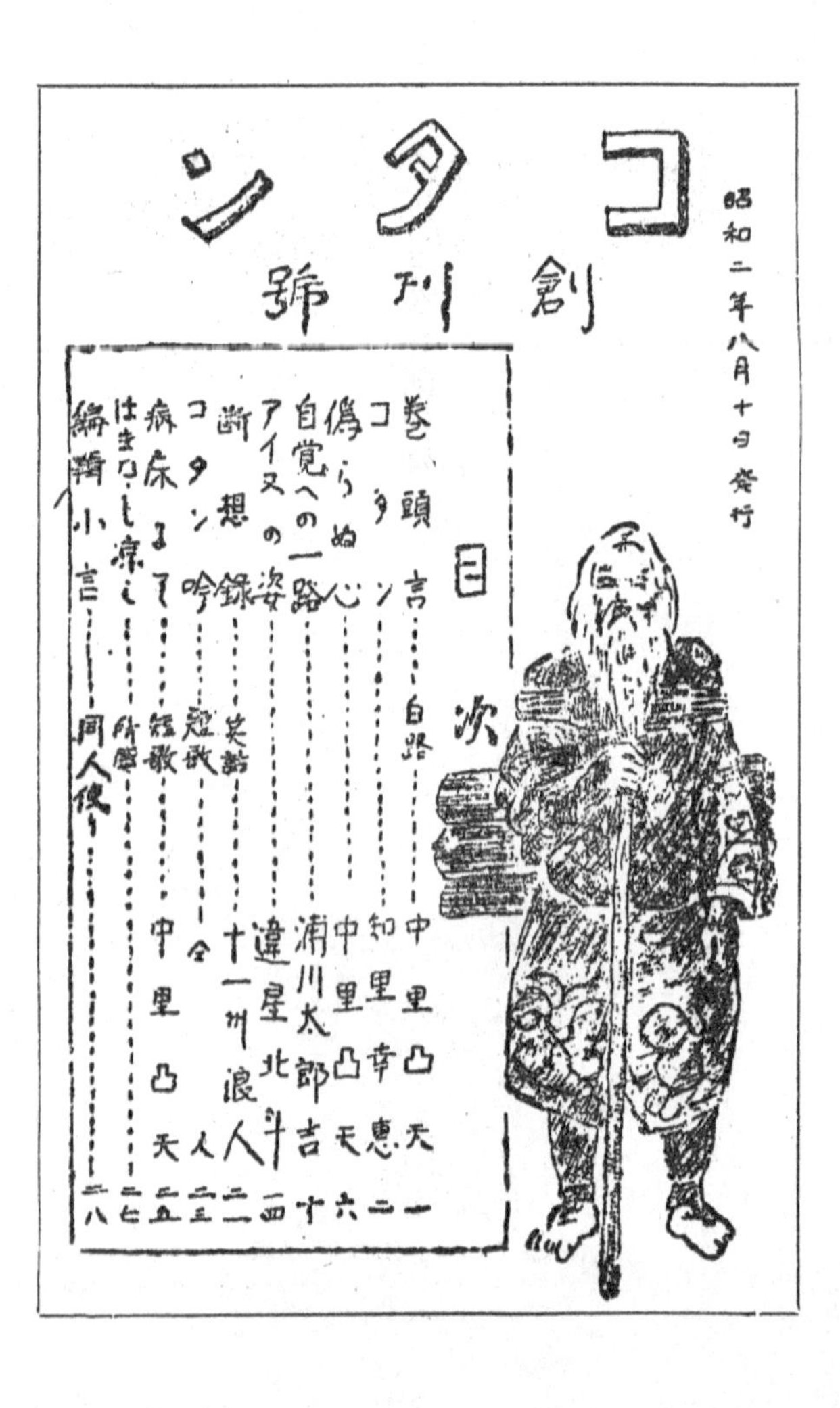

コタン

創刊號

昭和二年八月十日發行

目次

巻頭言　白路

凸　天　生

自分の悪いことを本当に知る事の出来る人は幸福です。

私達は、自分を正しいと信じて他人を責めたくはありません。

そして、私達は、私達に与えられた使命を、本当に正直に、真剣に生かして行きたいと思うのです。

私達を笑う人もあるでしょう。

笑って下さい。

心なき他人の思惑を気にして、自分の価値を低くしてまで、人にほめられることに努力するよりも、正直に、真剣に、自分の使命に精進した方がどんなにか、自分の真価を高め得ることでしょう。

その為には、他人の冷笑も、私達への糧であらねばなりません。

炉辺叢書抜萃
アイヌ神謡集序文

コタン

知里幸恵

其の昔此の広い北海道は、私たちの先祖の自由の天地でありました。天真爛漫な稚児の様に、美しい大自然に抱擁されてのんびりと楽しく生活していた彼等は、真に自然の寵児、何と云う幸福な人だちであったでしょう。

冬の陸には林野をおおう深雪を蹴って、天地を凍らす寒気を物ともせず山又山をふみ越えて熊を狩り、夏の海には涼風泳ぐみどりの波、白い鷗の歌を友に木の葉の様な小舟を浮べてひねもす魚を漁り、花咲く春は軟かな陽の光を浴びて、永久に囀ずる小鳥と共に歌い暮して蕗とり蓬摘み、紅葉の秋は野分に穂揃うすすきをわけて、宵まで鮭とる篝(かがり)も消え、谷間に友呼ぶ鹿の音を外に、円かな月に夢を結ぶ。嗚呼何という楽しい生活でしょう。平和の境、それも今は昔、夢は破れて幾十年、此の地は急速な変転をなし、山野は村に、村は町にと次第々々に開けてゆく。

太古ながらの自然の姿も何時の間にか影薄れて野辺に山辺に嬉々として暮していた多くの民の行方も又何処。僅かに残る私達同族は、進みゆく世のさまにただ驚きの眼をみはるばかり。而も其の眼からは一挙一動宗教的感念に支配されていた昔の人の美しい魂の輝きは失われて、不安に充ち不平に燃え、鈍りくらんで行手も見わかず、よその御慈悲にすがらねばならぬ、あさましい姿、おお亡びゆくもの……それは今の私たちの名、何という悲しい名前を私たちは持っているのでしょう。

其の昔、幸福な私たちの先祖は、自分の此の郷土が末にこうした惨めなありさまに変ろうなどとは、露ほども想像し得なかったのでありましょう。

時は絶えず流れる、世は限りなく進展してゆく。激しい競争場裡に敗残の醜をさらしている今の私たちの中からも、いつかは、二人三人でも強いものが出て来たら、進みゆく世と歩をならべる日も、やがては来ましょう。それはほんとうに私たちの切なる望み、明暮祈っている事で御座います。

けれど……愛する私たちの先祖が起伏す日頃互に意を通ずる為に用いた多くの言語、言い古し、残し伝えた多くの美しい言葉、それらのものもみんな果敢なく、亡びゆく弱きものと共に消失せてしまうのでしょうか。おおそれはあまりにいたましい名残惜しい事で御座います。

アイヌに生れアイヌ語の中に生いたった私は、雨の宵雪の夜、暇ある毎に打集うて私たちの先祖が語り興じたいろいろな物語の中極く小さな話の一つ二つを拙ない筆に書連ねました。

私たちを知って下さる多くの方に読んでいただく事が出来ますならば、私は、私たちの同族祖先と共にほんとうに無限の喜び、無上の幸福に存じます。(了)

(大正十一年三月一日)

亡くなられた幸恵女さん

幸恵さんは登別村知里高吉さんの御息女でございます。大正十一年九月行年二十歳を一期として逝かれました。アイヌの信仰より生れた幽恠なる挙動と、深い神秘とが、一冊に書きおさめられた「アイヌ神謡集」の序文がこの本文です。情操の豊かな清い涙ぐましい同女の性格に敬意を表します。

(東京小石川茗荷谷五二　郷土研究社発行)

偽らぬ心

凸　天

なさけのない人には分らないでしょう。私はそう思います。けれども私達は、ほんとうに真剣に私達の「希望」に向って進んでいるのです。

私達は形式にのみとらわれた道徳や、人前にのみ作られた修養には、つばしてやりたい様に思うのです。

けれども今の世の人達には、一つの善いもののかげにかくれていて、多くの悪いことをして居りながら、平気でそしてあたりまえの様に思って、自分が偽善者であることに気が付かないでいる人があるのです。あさましく思います。

神様が私達を創造下さった時、私達の心はきれいなものであったそうです。そしてみんな大へん仲がよかったのだそうです。ちょうど父と母のあの暖かなふところで育てられた無邪気な子供達のように。

しかしどうでしょう、この頃の世は………？

みんな自己のみにとらわれて、血みどろになって争うています。これがこの世とは私はほんとに悲しく思います。

私達は真剣です。

そして、正直に生きているのです。

けれども、いくら私達が大声でありったけの声を出して正義をさけんでも、ガンバッても、がんばればがんばる程、さけべばさけぶほど、私達は斥けられ、のけ者にされ、けむたがられます。なんという悲しい矛盾でしょう。

私達は真剣です。

ほんとうに正直でした。

そして、悪には気が小さく虚偽にはあまりに意気地がありませんでした。ただ神をのみたよりとして、神の慈悲に生きて行きたい希いのみでした。

けれども、私達は弱いものでした。

神様の道のあまりに難かしく、そして、その御おしえの道を通れぬとてなやむのです。もだえるのです。

そして、自由に気ままの道を通っている人達がこのましいのです。

しかし、私達はどうしても、気ままの道を通っている者の道は恐しくて、私達の弱い心がとがめて、どうしても安心して通れぬのです。知らずになんの気なしにその道を通っては、ハッと思って、あわてて私達はひっこむのです。そして、自分の心の弱いのに涙が流れるのです。

——私は寂しく思います——

私達はアイヌとして幼い時からどんなに、多くの人達から侮蔑されて来たことでしょう。

私達は弱い方でした。それがため堪えられぬ侮辱も余儀なく受けねばなりませんでした。その時私達はもっと強かったら、誰が黙々として彼等の侮蔑の中に甘んじていたでしょう？ 憎い彼等を本当に心行くまでいじめつけてやったのに………。

私達はこうした自分の過去の出来事を追想して、思わずこぶしを握った事が何回あったことでしょう。

けれども、私達は正直でした。

ほんとうに、真剣だったのです。

今日は聞くに堪えられぬほどの侮辱を受けても、次の日の私達は、本当に彼等を信じていました。そして真面目に彼等の愛を仰いでいたのです。

「ウタリー」よ！ 何故に私達は弱いんでしょう。昨日彼等は私達になんとした侮辱を与えたか。そして私達は、その侮辱の言葉を聞いた時どんな気持であったか？ 思って見よ、あの侮辱の言葉を思って見よ。お前はきっと忘れる事は出来ないでしょう。であったら、お前は何故に彼等を信ずるのか？ 何故に彼等に復讎（ふくしゅう）しないのか？

私の心は、その時こう叫びました。

そしてそして私は、あの恐しい復讎の企てに燃えて行くのです。私達は今日まで、どんなにかその罪の恐しさにおびえつつも、彼等に対する復讐を行ったことでしょう。

――弱きが故に受くる苦しみ、――異端者なるが故に受くる悲しみ――

私達は幾度か彼等を呪い、又私達の社会を呪ったことでしょう。

けれども私達は正直でした。

私達は、自分の心持のあまりにも荒んで行くのを、いつも寂しく思うのです。そして堪えられぬ悔みが、熱い涙となってとめどもなくあふれ出るのです。

そして、私達はあたたかな神様のお慈悲を思うのです。私達は今神様のお慈悲にあこがれています。心ゆくまで神様の愛の中にひたっていたい希で一ぱいです。

けれども、私は罪人です。現在も彼等に対する復讐を考えています。どうして、神様のお恵みを頂けるでしょう。――私はアイヌ。そうだ！　侮蔑は当然異端者の受くべき処です――弱い者なるが故に受くべき苦しみ、異端者なるが故に受くる悲しみを、私はアイヌなるが故にしみじみと味い得るのです。異端者ならで誰がこの悩みを深刻に味い得るものがありましょうぞ。

私は淋しき者への心持を味い得て、そして、そうした不遇の人達を心からなぐさめる事の出来るのを、私は幸福に思うのです。異端者なるが故に与えられたこの幸福、私達は幸福でなければなりません。――侮蔑は私達への生命の糧であらねばなりません――。

しかし、私は淋しく思うのです。

私は神の光をまともに見ることの出来ないのに、今もどんなになやんでいることでしょう。私は今彼等の侮蔑を甘んじて受け得られるでしょうか？　そして憎い、しかし憐れな彼等を赦し得られるでしょうか？

いいえ……。それは本当にむずかしいことでしょう。

神様はこうしていつまでも私の心になやみの種を与えようとします。

けれども私は神様をたよって生きて行きたいのです。彼等を赦して行きたいのです。

彼等も愛して行きたいのです。しかし……、私は清らかな愛の道は通れぬでしょう。

——私は祈ります——

私は救われなくとも、きっと神様は私を赦して下さるでしょう。


——（合掌）——

生活　自覚への一路

日高国浦河郡荻伏村　生活改善同盟会　浦川太郎吉

私はやっと社会に目をさましたばかりでしたのに、知らず知らずのうちに、またも居ねむりが出て困ります。なんとかこの生きた社会に目ざめたいものであります。我等同胞(ウタリー)に、はたして真剣に起きてはたらいている人がどれだけかあるでしょう？　と思うときウタリーの将来が気づかわれます。

私共の多くは牛飲馬食していて何とも思っていませんでした。洞木(ウト)の上から水を流した様なもので一寸もたまりません。それでいて妙にひきこみ思案になり易うございます。どうしてこうなんでしょう？

――「大和魂分析すれば義理と人情と痩我慢」――とか申します。弱虫のまねの出来ない所がやせがまんです。ナニクソ！　とがんばったら、いっかなロスケでも、日本兵にはかなわなかった。義理と人情を加味すれば、そこに恐ろしい力となって現れます。けれどもやせがまんばかしではいけません。本当の強さがなくてはなりません。それは自覚への一路あるのみです。

ウタリーの一番欠点は教育程度が低いことです。生活改善は今の私共に大事なことですが、その根拠を為すものは教育であると思います。殊にウタリーは女子教育に怠りがちにながれやすいことを心せねばなりません。

私共ばっかしで生活改善同盟会を起し得たことは誠に嬉しい。サテ第一歩として何から始めたらよいでしょう。一人めざめたら一人を活かす。更に宣伝するように相互教育をしようではありませんか。知っていても信じていても知らない人、気のつかないでいる人に教えてあげなかったら宝の持くされになるばかりでなく、不親切も甚しいと云わねばなりません。ですからこの上は、にくまれても、きらわれても、正しいと信ずることは遠慮なく言いあいもし、又ねむっている者をどんどんたたき起そうではありませんか。否、起して下さい。「良薬口に苦し」です。気もちのよい居ねむりから、ゆすり起されても何の不平もなくただ「有難う」と、お礼を言いうるまでに私共は修養したいものであります。

教育はすべてのものを理解さしてくれます。すべてのものを、はぐくみ伸ばしてくれます。しかし私共の現在の急務は衛生でありましょう。衛生は文明につきものです。アイヌ民族を亡ぼしたのは不衛生ばかりでないことは云うまでもありませんが、ウタリーの死亡率の多いと云うところからして大いに注意すべきだと存じます。文政五年頃には二万三千七百余人、明治四十年頃に一万七千七百余人、大正十二年道庁調査で一万五千四百人たらずとのことです。こんな調子で年々減って行っては（まさかそんなことはないでしょうが）何十年かの後が思いやられます。ですから私達は生活を出来るだけ衛生的にしなくてはなりません。衛生は身体を強健にするばかりでなく、大切な精神をさわやかに致します。生活を一段と高めます。

私共は行わねばならぬことがたくさんあります。よりよく生きるためによりよく努力しましょう。白覚への一路をまっすぐに進みましょう。

アイヌとして目覚めたら、そこには冷かな言葉も侮蔑の目も何の権成がありましょう。春のあわ雪のように消え失せるにきまっています。――（完）――

附録「生活」と云ぅ雑誌を出したいから各地のウタリーの投稿を願います。

生活改善同盟

「アイヌの姿」

北斗星

後藤先生

どういう風に書いたら今のアイヌに歓迎されるかと云うことは朧げながら私は知っています。にもかかわらず本文は悉くアイヌを不快がらせています。

私は心ひそかにこれを痛快がっていると同時に、悲痛な事に感じて居ります。これは今のアイヌの痛いところを可成り露骨にやっつけているからであります。若しアイヌの精神生活を御存じない御仁が之を御覧になられたら、違星は不思議な事を言うものかなと思召されることでしょう。殊にコタン吟の「同化への過渡期」なぞに至っては益々この感を深うすることでしょう。アイヌを愛して下さる先生にかようなことを明るみであばくことは本当に恥しいことであります。けれどもアイヌの良いところも（もしあったとしたら）亦悪いところも皆んな知って頂きたい願から拙文をもってアイヌの姿（のつもりで）を正直に書きました。なるべくよそ様へは見せたくはありません。それは歓迎されないからではありません。ナゼ私は私さえも不快な事実を表白せねばならないか。その「ねばならぬ」ことを悲しむからです。只々私の目のつけどころ（ねらいどころ）だけを御汲わけ下さい。

永劫かくやと思わせた千古の大森林、熊笹茂る山野、はまなしの花さき競う砂丘も、原始の衣を脱いで百年。見よ、山は畑地に野は水田に神秘の渓流は発電所に化して、鉄路は伸びる。巨船はふえる、大厦高楼は櫛の歯のように並ぶ。

こうして二十世期の文明は北海道開拓の地図を彩色し尽した。嗚呼、皇国の隆盛を誰か讃仰せぬ者あろう。長足の進歩！　その足跡の如何に雄々しき事よ。

されど北海の宝庫ひらかれて以来、悲しき歩みを続けて来た亡びる民族の姿を見たか……野原がコタン（村）になり、コタンがシャモの村になり、村が町になった時、そこに居られなくなった…………、保護と云う美名に拘束され、自由の天地を失って忠実な奴隷を余儀なくされたアイヌ…………、腑果斐なきアイヌの姿を見たとき我なから痛ましき悲劇である。ひいては皇国の恥辱である。

アイヌ！　ああなんと云う冷かな言葉であろう。誰がこの概念を与えたであろう。言葉本来の意義は遠くに忘れられて、只残る何かの代名詞となっているのはシャモの悪戯であろうか。アイヌ自身には負うべき責は少しもなかったであろうか？　内省せねばならぬことを痛切に感ずるのである。

私は小学生時代同級の誰彼に、さかんに蔑視されて毎日肩身せまい学生生活をしたと云う理由は、簡単明瞭「アイヌなるが故に」であった。現在でもアイヌは社会的まま子であって不自然な雰囲気に包まれているのは遺憾である。然るにアイヌの多くは自覚していないで、ただこの擯斥（ひんせき）や差別からのがれようとしていてのがれ得ないでいる。即ち悪人が善人になるには悔あらためればよいのであるが、アイヌがシャモになるには血の問題であり時間の問題であるだけ容易でないのである。ここに於て前科者よりも悪人よりも不幸であるかの様に嘆ずるものもある。近頃のアイヌはシャモへシャモへと模倣追従を事としている徒輩が亦続出して、某はアイヌでありながらアイヌを秘すべく北海道を飛び出し某方面でシャモ化して活躍していたり、某は〇〇〇〇学校で教鞭をとっていながら、シャモに扮している等々惆むべきか悲しむべきかの成功者がある。これらの贋シャモ共は果して幸福に陶酔しているであろうか？　否ニセモノの正体は決して羨むべきものでない。先ず己がアイヌをかくしてることを自責する。

世間から疑われるか、化けの皮をはがれる。其の度毎に矛盾と悲哀のどん底に落つるか、世をはかなみ人を恨む。此の道をたどった人の到達の点如何に悲惨であるかは説明するまでもないことである。吾人は自覚して同化することが理想であって摸倣することが目的でない。いわんやニセモノにおいてをやである。

けれども悲しむべし。アイヌは己が安住の社会をシャモに求めつつ優秀な者から先をあらそうてシャモ化してしまう。その脱け殻が今の「アイヌ」の称を独占しているのだ！　今後益々この現象が甚しくなるのではあるまいか？　優生学的に社会に立遅れた劣敗者がアイヌの標本として残るのではあるまいか？

昔のアイヌは強かった。然るに目前のアイヌは弱い。現代の社会及び学界では此の劣等アイヌを「原始的」だと前提して太古のアイヌを評価しようとしている。けれども今のアイヌは既に古代のアイヌにさかのぼりうる梯子の用を達し得ないことを諸君と共に悲しまねばならぬ。

アイヌはシャモの優越感に圧倒されがちである。弱いからだと云ってしまえばそれまでであるが、可成り神経過敏になっている。耳朶を破って心臓に高鳴る言葉が「アイヌ」である。言語どころか「アイヌ」と書かれた文字にさえハッと驚いて見とがめるであろう。吾人はこの態度の可否は別問題として、かかる気づかいを起さしめた（無意識的に平素から神経を鋭くさしている程重大な根本的欲求の）その第一義は何であろう?――アイヌでありたくない――と云うのではない。――シャモになりたい――と云うのでもない。然らば何か「平等を求むる心」だ、「平和を願う心」だ。適切に云うならば「日本臣民として生きたい願望」であるのである。

此の欲求をはき違えたり、燃ゆる願をアイヌ卑下の立場にさらしたことを憫れむのである。

同化の過渡期にあるアイヌは嘲笑侮蔑も忍び、冷酷に外人扱いにされてもシャモを憎めないでいる。恨とするよりも尚一層シャモへ憧憬しているとは悲痛ではないか。併しながら吾人はその表現がたとい誤多しとしても、彼等が衷心の大要求までを無視しようとするのでは毛頭ない。アイヌには乃木将軍も居なかった。大西郷もアイヌにはなかった。一人の偉人をも出していないことは限りなく残念である。されど吾人は失望しない。せめてもの誇りは不逞アイヌの一人もなかった事だ。今にアイヌは衷心の欲求にめざめる時期をほほ笑んで待つものである。

「水の貴きは水なるが為めであり、火の貴きは火なるが為めである」(権威)

そこに存在の意義がある。鮮人が鮮人で貴い。アイヌはアイヌで自覚する。シャモはシャモで覚醒する様に、民族が各々個性に向って伸びて行く為に尊敬するならば、宇宙人類はまさに壮観を呈するであろう。嗚呼我等の理想はまだ遠きか。

シャモに隠れて姑息な安逸をむさぼるより、人類生活の正しい発展に寄与せねばならぬ。民族をあげて奮起すべき秋は来た。今こそ正々堂々「吾れアイヌ也」と呼べよ。

たとい祖先は恥しきものであってもなくっても、割が悪いとか都合が良いとか云う問題ではない。必然表白せないでは居られないからだ。

吾アイヌ！　そこに何の気遅れがあろう。奮起して叫んだこの声の底には先住民族の誇まで潜んでいるのである。この誇をなげうつの愚を敢てしてはいかぬ。不合理なる侮蔑の社会的概念を一蹴して、民族としての純真を発揮せよ。公正偉大なる大日本の国本に生きんとする白熱の至情が爆発して「吾れアイヌ也」と絶叫するのだ。

見よ、またたく星と月かげに幾千年の変遷や原始の姿が映っている。山の名、川の名、村の名を静かに朗詠するときに、そこにはアイヌの声が残った。然り、人間の誇は消えない。アイヌは亡びてなるものか、違星北斗はアイヌだ。今こそはっきり斯く言い得るが………反省し瞑想し、来るべきアイヌの姿を凝視のである。

（二五八七・七・二）

心の日記

〔編注〕（後藤静香）

遺骸

死せる魚は
水に従って流れる
時代の激流に溺るる
若き男女の遺骸
何ぞ斯く多きや

自己の道

乃木大将も

楠正成も
自ら忠烈とは感じなかった。

○

瓜生岩子も
ナイチンゲールも
自ら慈善とは感じなかった。

○

誰に奉仕するのでもない
為ないでは居られない
自らの道を自ら行く。

○

慈善、奉仕、犠牲、忠烈
当人には
実に意外の言葉であった。

断想録（其ノ五）

十一州浪人
〔編注〕（違星北斗）

▽北斗式笑話二題

平凡常識曰く「長いものにまかれろ。大きなものに呑まれろ。あみだも金で光る代だ、地獄の沙汰も金次第。小の虫殺して大の虫助ける。勝てば官軍、敗ければ賊軍。事大思想の多数決等が俺の金科玉条だよ………」
保護色の正義曰く「成るほど……むりが通れば道理がひきこむ……」

▽北海道土産ばなしを

原始的に粉飾して珍客にこびを売る職業アイヌの話を受売りするつけたり「アイヌは推理的能力はないネ」「熊と角力とっているよ……そしてクマに食われたりクマを

喰ったりしているよ」「クマはアイヌの神様の御本尊だ」「もう十年とたったらアイヌは皆んな死に絶えてしまうだろう」などと嘘ばっかし云う。ウソの方が面白いから拍手かっさいのかんげいだ。

「アイヌの土地をワガモノにするにはわけなく出来る。ナニ酒でネごまかしてやるんです」「それからネ、アイヌは馬鹿正直だから鮭を買うとき……初まり……テ一本ずつごまかすんだよ」と本音をはいて痛快がっています。——とは本当ですか。私はアイヌですが……あなたは一枚看板「日本の誇」を、人喰人種のお国へでも、忘れてお出になったのではありませんか？……

コタン吟（其ノ二）

十一州浪人
〔編注〕（違星北斗）

フルビラ村にて

ウタリーの消滅（たえ）てひさしく古平（ふるびら）のコタンの遺跡（あと）に心ひかるる

アヌタリー（同族）の墓地でありしと云ふ山も　とむらふ人なき熊笹の藪

海や山そのどっかに何かありて知らぬ昔が恋しいコタン

余市の海辺

伝説のベンケイ・ナツボの磯のへにかもめないてた　なつかしいかな

シリパ山のもすそにからむ波のみは昔を今にひるがへすかな

ゴメゴメと声高らかに唱ふ子もうたはれる鷗も春のほこりよ

同化への過渡期

悲しむべし今のアイヌはアイヌをば卑下しながらにシャモ化してゆく

罪もなく憾もなくてただ単にシャモになること……悲痛なるかな

アイヌの中に隔生遺伝のシャモの子が生れたことを喜ぶ時代

不義の子でもシャモでありたいその人の心の奥に泣かされるなり

侮蔑⁉

「ナニッ‼　糞でも喰へ」と剛放にどなったあとの寂し——い静

やたらにシャモの偉さをふりまはしてる低級なシャモの小面にくし

日本に自惚れているシャモどもの優越感をへし折ってやれ

反省して

淋しいか？　俺は俺の願ふことを願のままに歩いてるくせに

俺はただアイヌであると自覚して正しき道を踏めばよいのだ

アイヌは単なる日本人になるなかれ神ながらなる道にならへよ

まけ惜しみも腹いせも今はなし唯日本に幸あれと祈る

病床にて

凸天

老いまさる母朝早く袋掛の出面に通ふみじめな六月

〔編注〕袋掛は林檎の実に袋をかける作業。余市は林檎の産地として知られる

淋しげにいろりのそばで物思ひする父を見る貧しい六月

打とけた夕げの時のたのしさよ、ほほゑむ父の慈愛にひたる

○

阪妻の型をまねする子供等の、元気は俺のどこにもないのだ

〔編注〕阪妻は俳優の阪東妻三郎

病弱な俺だ、俺、俺、この頃は見る人毎にあこがれを持つ

鉢植の忘れな草はしをれたり、病める我身のはかなきを思ふ
生花の日毎にしをれ行くがごと、われの命も短かくあるか

○

あれも、これもと、薬をのめど、のむ程に、力は失せて見る影もなし
いとやすく、死行く人を思ふかな、病むことごとの辛さ苦しさ

○

病む故に、母が薪割るその音を、二階にて聞く淋しい俺だ

病む故に親しき者も去り行くか、人の心の冷さを思ふ

むらさきにけぶる朝、朝、風香ふ、まじめになりて祈りても見る

○

喰うては寝ね喰うては又寝る、豚のからだの太さを思ふ

毎日の俺のくらしはブタのごと、豚にも劣る俺の弱さよ

敉し得ぬこころ

同人

〔編注〕(中里凸天)

アイヌ行く隔離病舎だ電話など要らぬというた町会議員

今もなほ、アイヌと笑ふシサムのアイヌに劣る心のみじめさ

○

赦したい、ああ赦したいと思へども、え赦し得ぬ悲しいこころ

○

アイヌなる故に誇を持つわれが淋しく思ふ憐な心だ

はまなし涼し

◇

コタン……なんという、やさしいひびきの言葉でしょう。コタン。コタン……おおそこには、辛辣な悪党があるでしょうか。気の毒な乞食があるでしょうか。いいえ、ありません。心そのままの言葉と正直な行とがあるばかりです。

◇

不思議……にも世の中は「複雑で矛盾が多くてまるで支障そのもの」の様な現代でも、うつくしいものはやっぱり美しい、良いことはやっぱり善い。真理はかくれない。なんと云う驚異でしょう。もうそれだけで沢山だ。私共はよろこんで生きられる。誰にか感謝する。もうナンニモ不平もありません。いいものを見つけました。

◇

落葉松は伸びる……力強い幹がグングン伸びて正に天を突いている。ヨイチのウタリは貧苦になやんでいるこの頃でも、これだけは希望そのもののように元気がいい。

余市組合は黙々の中に或ものは成長しています。日夜故郷に祈りつつある異郷の友よ。風の便を聞いて下さい。

◇

金……がなくて二ヶ月以上かかってやっと生れた創刊号「コタン」は違星北斗と中里凸天との二人の手に成りました。君も病人、俺も病人と云う様な苦しい中に本誌は一つの慰安であった。こんど第二号は達者になって金もありたい。そしてコタンにふさわしいのをどうぞ出したい。

◇

はまなし……の花が咲いた。と思うまにもう二銭銅貨大の実がついている。また次から次へと遅れ咲きが芳烈な香を放っている。ここは砂丘だ。はまなしの木

◇寄コタン

何事もひくきうちよりたちのぼるほどこそよけれ北の国民
馬鹿なシャモ生意気なシャモに憬れて神代のアイヌ族をけがすな
これからはつまらぬシャモをアイヌから古にかへれと教へてもやれ

七月二十四日　　　　金華仙人

の根は貝塚だ。先住民なぞに根をおろしていて涼し顔して咲きほこっています。（北斗）

編輯余録

◇　本誌は茶話誌第五号として刊行するつもりであったが会員の殆ど全部がカラフトへ出稼中なのでこれを凸天、北斗の二人で「コタン」として出しました。僭越ではありますがコタンの友へ手紙がわりに書きました。どうかそのおつもりでおよみ下して、御一人でも多くのウタリーに見せてあげて下さい。併せて批判を乞う。

◇　中里篤治は病床に臥しています。私は手紙なぞは全く出していません。けれども私は皆様を忘れたのではありません。今に健康恢復して活動するようになったらきっと皆々様へ万分の一の御恩報じたいとそれのみ祈ります。

◇　出来あがってみると物足りないものです。こんな事を俺が書いたのか、ナアーンダてな恥しい気もする。けれどもこの雑誌をコタンの多くの友の手に依って三号雑誌よりも長命にさしたいと願います。どうぞ御高見を御遠慮なく御投稿下さい。

投稿を歡迎致します
同人を募ります

（非賣品）

北海道後志國余市郡余市町
大字大川町一七四　中里方
コタン社
編輯人　中里篤治
印刷者　違星北斗
發行所　コタン社

第一卷　第一號
昭和貳年八月十日發行

《解題・語注》

遺稿集として出版された書籍

山科清春

『違星北斗遺稿　コタン』〈初版〉一九三〇（昭和五）年、希望社

違星北斗が師事した後藤静香（ごとうせいこう）の主宰した財団法人・希望社が出版した遺稿集。B6判、本文130ページ。口絵に北斗の肖像写真あり。北斗の友人であった余市尋常小学校訓導・古田謙二によって整理された遺稿を、希望社の宗近真澄・岩崎吉勝が編集した。北斗の著作に加えて、付録として同人誌「コタン」創刊号を収録。巻頭に後藤静香の「序に代えて」、金田一京助「違星青年」、宗近真澄「故人の霊に」、巻末に岩崎吉勝の「跋」が収録されている。初出・出典の表記がなく、初出にあったルビがなくなっているなど初出から欠落している情報があり、明らかな間違いが少なくない。

『違星北斗遺稿　コタン』〈復刻版〉一九八四（昭和五十九）年、草風館

希望社版の初版の内容に加えて「落穂帖」として、「志づく」「緑光土」「句誌にひはり」「新短歌時代」「小樽新聞」「北海道　樺太新季題句集」を収録。ただし、同人誌の「コタン」創刊号は付録ではなく本文扱いとなっている。「コタン」創刊号を除き、初版にあった北斗以外の人物の作品を本文から排しており、月報（挟み込み小冊子）「くさのかぜ――草風館だより」として、希望社版の本文に含まれていた金田一京助「違星青年」と岩崎吉勝「跋」を収録、新たに古田謙二の「落葉」、伊波普猷の「目覚めつつあるアイヌ種族」（抄）を収録している。

『違星北斗遺稿　コタン』〈増補版〉一九九五（平成七）年、草風館

一九八四年に出版された復刻版に新たに見つかった資料を加えたもの。「落穂帖その二」として、「自働道話」「医文学」「北海道人」「小樽新聞」「ウタリ之友」の未発見の北斗の作品を収録。月報「くさのかぜ――草風館だより」として「自働道話」西川光二郎の北斗関係の記述、「新短歌時代」の北斗関係の記事、初版『コタン』に収録されていた後藤静香の「序に代えて」、岩崎吉勝の「跋」を収録している。

『違星北斗遺稿集』一九五四（昭和二十九）年、違星北斗の会

一九五四（昭和二十九）年、違星北斗の顕彰を目的とした「違星北斗の会」の代表・木呂子敏彦が発行した12ページの小冊子。この中で二風谷小学校校庭に違星北斗の歌碑の建設をよびかけた。「自撰歌集　北斗帖」、「コタン吟」（「志づく」掲載の短歌）、「コタン吟補遺」（同人誌「コタン」創刊号に掲載の短歌）、「心の日記から」（日記に記載の短歌）、俳句、「淋しい元気」、「疑うべきフゴッペの遺跡」（抜粋）、「アイヌの姿」を収録。北斗以外の記事は、「北斗を思う」（無記名）、「違星北斗年譜」、「違星青年」金田一京助、「落葉」古田謙二、「北斗の歌ごえ」小田邦雄、「違星北斗歌碑建設趣意書」「制作者の言葉」田上義也、「後記」木呂子敏彦。俳句は初版『コタン』のものに加え、「枯れ落葉抱かれんとて地へ還る」の一句がつけ加えられているが、これは古田謙二の「落葉」の文中に北斗の句として登場するもの。後の草風館版コタンには入っていない。この遺稿集で呼びかけられた北斗の歌碑は、多くの人の賛同を得て二風谷小学校に建設が開始され、建築家の田上義也による台座が完成し、碑文を残すのみになったが、地元の反対意見により工事がストップし、呼びかけから14年後の一九六八(昭和四十三)年まで除幕が遅れた。実現には萱野茂氏の協力があったという。

『近代民衆の記録5　アイヌ』(谷川健一編、一九七二(昭和四十七)年、新人物往来社
初版コタンの内容のうち、北斗によるものをほぼ収録。「補遺　コタン吟」として、「違星北斗遺稿集」に掲載の作品を収録している。

『北海道文学全集第11巻　アイヌ民族の魂』一九八〇(昭和五十三)年、立風書房
初版を底本に「疑うべきフゴッペの遺跡」「我が家名」「淋しい元気」「北斗帖」「日記」を収録。

短歌

北斗は、最初は短歌ではなく俳句を詠んでいたが、一九二五(大正十四)年の上京以降は、短歌に移行していく。そのきっかけとしてはバチラー八重子の影響を挙げる説があるが、上京前にも短歌を詠んでいるため、決定的ではない。

北斗は、北海タイムスに掲載されていた、アイヌを馬鹿にしたような短歌を読んで、和人への怒りを燃え上がらせた経験があり、短歌には人の感情を揺り動かし、人生を変える威力があることを、身をもって体験していた。自分の想いやアイヌの現状を、短歌に詠み、それを新聞の文芸欄の短歌欄に投稿することで、多くの人にアイヌ青年の生の声を伝えたのである。

「医文学」

発行は医文学社。医学者による文芸誌で、編

集者・発行者は永井幸一郎。一九二六（大正十五）年九月一日（第二巻第九号）の編集後記「編集落葉篭」に北斗の短歌が、編集者・長尾折三への手紙が「アイヌの一青年から」として掲載された。また十月号にも書中俳句として俳句が二句掲載されている。「アイヌの一青年から」というタイトルは、北斗自身ではなく、医文学編集部の藻城生（長尾）によるもの。北斗による本文の前に紹介文がある。

アイヌの一青年から　藻城生

アイヌに有為の一青年があり、違星滝次郎と呼び北斗と号する。私は松宮春一郎君を介して之を知り、曾て医文学社の小会にも招いたことがある。一昨年来東京に住してゐたが事に感じて帰国することゝなつた。この帰国には大なる意味があつて、喜ばしくもあるが、亦た悲しくもある。アイヌ学会の人士や其他の人々と共に心ばかりの祖道の宴を開いて帰道を送つた。此会には琉球の某文学士抔も参加されてゐた。其後左の如き手紙が届いたのでこゝに掲載する。その心事一斑を知ることが出来るであらう。

北斗と医文学社との接点は東京アイヌ学会で出会った出版社「世界文庫刊行会」の松宮春一郎である。この松宮は北斗をさまざまな著名人に紹介していた。

「小樽新聞」

歌人としての北斗の出発は、小樽新聞の口語短歌欄を担当していた並木凡平が、北斗の才能を絶賛したことに始まる。初登場となる一九二七（昭和二）年十月三日には短歌欄ではなく、単独の欄が設けられ、「コタン吟（推薦）」と記されている。十月二十五日、二十八日の掲載も同様で、破格の待遇といえる。三回とも筆名は「アイヌの北斗」となっている。十一月七日から「違星北斗」名義となっている。十二月四日には特集記事が組まれており、並木凡平の北斗にかける期待の大きさがわかる。

「新短歌時代」（新短歌時代社）

違星北斗を見出した歌人・並木凡平が主宰する小樽の口語短歌雑誌。北斗は創刊予告号から準会員として参加。歌会などにも参加し、会員の歌人と交流するようになる。創刊号の座談会によると、並木凡平や稲畑笑児といった北斗の短歌を高く評価するメンバーがいた一方で、アイヌの気持ちを高らかに叫ぶ北斗の作品について、「どうも民族問題があるンで」「いやに人ずれのしたアイヌですね。可愛げがないね」などと露骨に差別意識をあらわす会員もいたようだ。

「北海道人」（北海道人社）

東京で発行されていた北海道に関する情報を掲載した雑誌で、編集人は佐柳敏雄（筆名・山中敏郎）。北斗の寄稿は、並木凡平による短歌欄の連載があったことからだと思われる。一九二七（昭和二）年十二月号に短歌六首、一九二八（昭和三）年一月号に「熊と熊取の話」が掲載されている。

「志づく」

札幌の雫詩社発行の文芸雑誌。一九二八（昭和三）年四月三日発行の第三巻二号を「違星北斗歌集」特集号としており、北斗の初めての、そして生前では唯一のまとまった歌集となった。なお、『違星北斗遺稿集』（違星北斗の会）によると、「たち悪るくなれ？」「ホロベツの浜の」「オキクルミ」「面影は」「暦なくとも」「アヌタリ（同族）の」「ウタリーの絶えて」「利用されるアイヌもあり」「今時のアイヌは」「人間の誇は」「正直なアイヌ」「淋しいか？」「開拓の功労者」「不景気は」「強きもの！」「勇敢を好み」「俺はただアィヌ」「悲しむべし」「アイヌの中に」「不義の子でも」「シリバ山」「シャモと云ふ小さな殻で」「堂々と」の短歌には、北斗自身が雑誌に○を記していたという。その前号である第三巻一号でも、北斗の短歌が掲載されている。

「私の短歌」

「私の短歌」は一九三〇（昭和五）年に希望社から発行された初版『違星北斗遺稿　コタン』に掲載された。元となっているのは、北斗が病床でまとめた墨書の私家版歌集「北斗帖」と思われる。そのため草風館版『コタン』ではこれと【俳句】をまとめて「北斗帖」と表題がつけられている。ただ、この墨書の私家版「北斗帖」は失われており、「私の短歌」との同一性が確認できない。そのため本書では表題を本来の「私の短歌」に戻した。

制作時期と掲載順はバラバラで、一九二五（大正十四）年ごろの東京時代に読まれた歌から、一九二七、八（昭和二、三）年の売薬行商、漁場の歌、闘病の歌までが収められている。なお、四首め「新聞で」、八首め「深々と」と九首め「ほろほろと」の短歌は、バチラー八重子が自らの作であると、金田一への手紙で話している（「バチラー八重子の生涯」掛川源一郎）。北斗と八重子、知里真志保が幌別で小さな句会を行ったときに八重子が作ったものといい、真相は不明だが、あるいは北斗がメモしていたものが、遺稿整理時に紛れ込んだといった可能性も考えられる。本書では省かず、そのまま掲載している。

「玫瑰（はまなす）の花」（第六輯）

「玫瑰（はまなす）会」（代表・竹内薫兵）の歌集。一九三一（昭和六）年。北斗が掲載された「第六輯」は一九二五（大正十四）年から一九三一（昭和六）年までに歌会で発表された短歌の中から選んだもので、北斗が東京時代にこの「玫瑰（はまなす）会」の「歌会」に出席していた可能性を窺わせる。短歌には「アイヌ人にして稀に見る敏才北斗は不幸昭和三年に世を去つた（竹内）」の文が寄せられている（没年は昭和四年が正しい）。

「ウタリ之友」

ジョン・バチラーのバチラー学園の発行。北斗の死後に掲載されたもので、「春の若草」は「大正のアイヌ」とあるため、大正期に執筆されたものと推測されるが初出は不明。

日記

『違星北斗遺稿　コタン』に掲載された北斗の日記は、岩崎吉勝の「跋」によると、もともと希望社発行の日記帳「心の日記」（年刊日記帳で上欄に後藤静香の格言が記されている）が昭和二年、三年、四年の三冊、他にも「日記及随筆」のノートが十六冊（小型ノート十二冊、大型ノート四冊）あったようだ。日記は遺稿を整理した古田謙二の手によって抜粋され、原稿用紙に清書された。山上草人は闘病中の日記に記された北斗の思いを「歪んでいる」と言っているが、古田が原稿整理をした際意図的にネガティブな記述を省き、さらに、希望社の編集者も書籍掲載のために日記の内容を選別したと思われる。それらの日記帳は残っておらず、日記的なものは「大正十四年ノート」（後述）が残されているのみである。

『違星北斗遺稿　コタン』に掲載されている日記には、大きな誤りがある。

・「日記」の最初のバチラー八重子の教会の記述は、『コタン』では「(昭和二年)七月十一日(平取にて)」となっているが、北斗の手紙(金田一京助宛、西川光二郎宛)によると一九二六(大正十五)年の出来事であるとわかる。また、八重子のいた教会は平取教会ではなく、「幌別教会」である。

・七月十一日から九月十九日までの「曜日」は一九二七(昭和二)年ではなく一九二六(大正十五)年にすべて一致する。また、八月二七日、八月二八日、八月三一日の後藤静香に関する記述は、一九二六(大正十五)年の後藤静香のスケジュール(『後藤静香選集　第十巻』)と一致する。

　以上の理由から、本書では七月十一日から九月十九日までを一九二六(大正十五)年の日記とした。ただし、曜日の記述がない一九二七(昭和二)年十二月二六日は、一九二六(大正十五)年のこの頃、北斗は山奥のコタンで大正天皇の崩御を聞いており、余市にいるのは不自然であることから、一九二七(昭和二)年のままとした。なお北斗が喀血した「昭和三年四月二五日月曜日」の日記も、曜日が前年の「一九二七(昭和二)年四月二五日」に一致し、前年の発病の際のことである可能性もあるが、一方で、この日の日記の短歌が昭和三年五月十二日の「小樽新聞」とほぼ一致するため、昭和三年である可能性もあり、今回は昭和二年の日記としている。

日記の人名

バチラー博士　英国人キリスト教(英国聖公会)の伝道者のジョン・バチラー(バチェラー)のこと。現在では「バチェラー」と表記することが多いが、本書では原則として北斗やバチラー本人が使用していた「バチラー」を使用している。バチラーは一八七七（明治十）年に北海道を訪れて以来、アイヌ伝道を行う傍ら、アイヌ子弟への教育やアイヌ語の研究を行った。北斗はバチラーを尊敬する一方で、キリスト教を通じたアイヌ救済に限界を感じており、「五十年伝道されし此のコタン見るべきものの無きを悲しむ」と詠んでいる。

ヤエ・バチラー　バチラー（バチェラー）八重子。ジョン・バチラーの養女で、聖公会の伝道者。元は有珠のアイヌ指導者・向井富蔵（アイヌ名・モコッチャロ）の娘。アイヌ名フチ。養父ジョン・バチラーとともにアイヌ民族への伝道と救済に尽力した。また、北斗と同じくアイヌの歌人として知られ、歌集に『若きウタリに』がある。北斗は東京時代に八重子のことを知り、すぐに手紙で連絡を取り合うようになり一九二六（大正十五）年に北海道に戻ってすぐ、幌別教会の彼女の元に身を寄せている。その後北斗は平取教会に移動し、併設する幼稚園を手伝うが、このとき八重子は平取にはいない。翌一九二七（昭和二）年に八重子は平取教会に移り、この年も北斗は平取を訪ねている。平取では林檎畑を作ろうとしたが、成功しなかったようだ。北斗は17歳年上の八重子を姉のように（金田一への手紙には「お母様」のようだとも書いている）敬慕したが、伝道を通してのアイヌ施策が生ぬるいものに思えたようで、「キリスト教ではアイヌは救えない」と考え次第に独自の道を進み始める。ただ、生涯を通じて交流は続いたようだ。八重子は北斗の死後、余市を訪れ、「墓に来て友になにをか語りなむ言の葉もなき秋の夕暮れ——逝きし違星北斗氏」という追悼の短歌を詠んでいる（同時に中里徳太郎、中里篤治の墓にも献歌している)。

知里幸恵　『アイヌ神謡集』を残して満19歳で亡くなったアイヌの女性。幸恵のことを北斗は「実は東京に出て来るまで、アイヌの女性にこんな偉い人があったということを知りませんでした」(伊波普猷「目覚めつつあるアイヌ種族」)といい、幸恵の遺著から大きな衝撃と影響を受けている。北斗は北海道に戻り、幌別入りしてすぐに幸恵の生家を訪ねて、弟の知里真志保とも交流している。北斗は『アイヌ神謡集』の序文を同人誌「コタン」創刊号に引用しており、幸恵の提示したアイヌの理想郷的イメージを「コタン」という言葉に込め、その生涯を通じて「コタン」的なるものを追い求め続けることとなった。

向井山雄　バチラー八重子の実弟。立教大学神学部を出て聖公会司祭になり、ジョン・バチラー、バチラー八重子とともにアイヌ布教に尽力した。

岡村さん　岡村国夫司祭。一九二六(大正十五)年に北斗が最初に平取に入った時の平取教会の司祭。妻の岡村千代子が併設のバチラー幼稚園を取り仕切っており、彼らの手伝いをした。

中山先生　不明。東京アイヌ学会で出会った民俗学者の中山太郎である可能性がある。

富谷先生　不明。東京時代の「ノート」に「樺太尋常小学校わき」に住む「富谷」という名前がある。

レヌプル氏　平取で最初に林檎を植えたと北斗が記しているが、詳細は不明。

後藤先生　北斗が東京時代に師事した社会運動家・希望社社長の後藤静香のこと。「力の泉」は後藤の著作。

有馬氏　北海道帝国大学医学部の有馬英二博士。一九二六（大正十五）年七月二七日より「アイヌの結核調査」のために日高地方を訪れたと「小樽新聞」にある。

橋本氏　平取の村医・橋本文次郎医師。一九一六（大正五）年六月に平取に赴任し、一九三三（昭和八）年まで村医を務めた（「平取町史」）。

栄吉さん　不明。平取の住人かと思われる。

中里君　北斗の幼馴染で親戚でもある中里篤治。

啓氏　不明。北斗の親族に名前に「啓」が付く人物が複数いるので、その人物かもしれない。

豊年健治　北斗の友人。一九二六（大正十五）年に幌別で会い、2年後の一九二八（昭和三）年に再び訪れると亡くなっていた。

西田氏　小樽高商（高等商業学校・現小樽商大）の教授、西田彰三のこと。余市のフゴッペで発見された壁画と石偶について、北斗が小樽新聞に寄稿した「疑うべきフゴッペの遺跡」に対して、反論の記事を投稿し続けた。

小保内さん　小保内桂泉（俳号）。北斗が参加していた余市の句会のメンバーで、「小保内旅館」を経営。句会の会場も提供していた。

山野鴉人　仙台放送局（現在のＮＨＫ仙台）で

一九二八（昭和三）年九月七日午後七時一〇分より「趣味講座・短歌行脚漫談」が放送されており、山野鴉人はその担当者である。この中で「シシリムカ（沙流川）の昔」を語り、北斗のことが紹介されたと思われる（『コタン』の「鴉八」は間違い）。

トモヨ　日記に「今日はトモヨの一七日だ。死んではやっぱりつまらないなあ」とあるが、これはトモヨという人物が亡くなって「初七日」ということである。この「トモヨ」については、『アイヌの歌人』（洋々社）で湯本喜作は「妹」としているが、誤りである。余市大川コタンを訪ね、北斗の親類の女性に聞き取り調査した研究者の早川勝美によると、トモヨは北斗と樺太アイヌの女性との娘だといい、子が生まれたので籍を入れようとしたが、その前に女性は娘・トモヨを連れて樺太に帰ってしまったという（早川勝美から谷口正への手紙「北斗について の早川通信」）。

山岸先生　北斗の主治医・山岸礼三医師。北斗を最後まで治療した。元軍医で、一九二一（大正一〇）年に退官し、余市大川町に山岸病院を開いた。文人として「玄津」の号を持ち、漢詩や書道をよくした。また北斗が土器をプレゼントしたことがきっかけで、郷土研究に興味を持ち、余市郷土研究会の初代会長をつとめた。

松谷の定吉と宇之吉　余市大川コタンの住人。定吉が北斗の2歳年下（24歳）、宇之吉が北斗の8歳年下（18歳）。

常太郎　北斗の義弟に同じ名前の人物がいるが、不明である。

古田先生　北斗の親しい和人の友人で余市尋常小学校訓導の古田謙二。北斗の短歌の師とされていることがあるが、年齢があまり離れておらず、師という関係ではないと思われる。病床の北斗をよく見舞い、手紙を書けなくなった北斗の代筆を行い、死後には遺稿の整理を行った。北斗に関する証言を数多く残している。「冬草」の号で俳句を詠み、のちに句誌「緋衣（ひごろも）」を主宰。冬草の前には草人の号も使っている。

金田一先生　金田一京助。北斗は上京後、まず金田一に会い、それが多くの人々との出会いにつながった。北斗は金田一のことを生涯敬慕し、闘病中も、無念の想いを書き綴った手紙を送っていた。金田一が北斗のことを書いたものには「違星青年」「あいぬの話」「慰めなき悲み」などがある。

浦川君　「コタン」創刊号に寄稿した日高・浦河の浦川太郎吉のこと。北斗と意気投合し、アイヌ復興の想いを共有できる同志となった。彼に送った本は金田一京助訳著『アイヌ神話　アイヌラックルの伝説』（世界文庫刊行会、一九二四（大正十三）年十月発行）。

高見沢清　東京府市場協会の役員で、北斗を雇用し、家族のようにつきあった。北海道に戻ってからも、たびたび贈り物を北斗に贈っている。東京府市場協会は「東京市四谷区三光町46番地」にあり、現在の新宿五丁目の花園神社やゴールデン街の界隈にあたる。市場協会は「公設市場」の管理運営を行う財団法人であり、北斗は事務を担当した。

八尋直一　北斗に慰問袋を送ってくれた人だが、経緯は不明。希望社の関係者か読者かもしれない。

勇太郎君　北斗に八つ目（ヤツメウナギ）を見舞いに持ってきてくれた人物。余市大川コタンに同名の人物がいるが、北斗より12歳年上であり、北斗が君付けで呼んでいるため別人の可能性もある。

俳句

北斗は短歌を詠む前に俳句を嗜んでいた。これには余市の句会に属していた恩師・奈良直弥の影響が大きかったと思われる。

「句誌にひはり」　「自働道話」と並び、北斗が最も早い時期に投稿を始めた雑誌である。上京の1年前の一九二四（大正十三）年二月号より掲載されはじめ、在京中の一九二五（大正十四）年には「にひはり句会」にも参加して「熊の話」の講演をしている。同年の九月号の掲載を最後に掲載は止まり、このころから本格的に短歌を作り始める。なお「句誌にひはり」には同名の「北斗」という俳人が複数登場しているが、住所が「滋賀」や「会寧」であったり、「第三師団動員の応召勇士」であったりするので、違星北斗ではないと判断して掲載していない。

また、草風館版の『コタン』には一九二四（大正十三）年十一月号掲載の俳句として二句、

かさこそと落葉淋しく吹かれ鳬（けり）
乾鮭や残留の漁夫の面はれつ

が掲載されているが、該当の「にひはり」では確認できず、また正しい掲載号を確認できていない。ただ、北斗の句の特徴が出ていると思

われるため、本文から省きここに記載する。
同じく草風館版『コタン』で一九二六（大正十五）年四月号に掲載となっている「畑打や」の句は正しくは一九二五（大正十四）年四月号が正しいので並べ替えている。

「俳句」
希望社版『違星北斗遺稿　コタン』に掲載された俳句は二十句である。そのうち「塞翁が馬」の句以外は初出が不明。

『北海道　樺太新季題句集』（蝦夷社）
北斗の死後、一九三一（昭和六）年に発行された句集。文字通り、北海道や樺太の俳人に向けた、季語・季題を集めたもの。
草風館版『コタン』には、

崖道をすぎてこゝにも干鰊
石づたひ岩づたひなる山女釣り
落林檎石の音して転びけり

という「北斗」名義の三句があるが、このうち「落林檎」の句は北斗が「にひはり句会」で詠んだものとほぼ同一であるが、「崖道を」「石づたひ」の二句については、北斗のものであるかどうか不明であるので、本文から削除し、ここに収録する。

「月刊郷土誌よいち」
「月刊郷土誌よいち」は余市文化連盟発行の郷土雑誌。余市の歴史や、町民による文芸作品などを掲載。「枯れ葉みな抱れんとて地へ還る」の句は、一九五三年（昭和二十八）年三月号に掲載された古田冬草（謙二）の「違星北斗のこと」という北斗を追想する文の中で、北斗作の俳句として記載されている。後に「落葉」のタイトルで「違星北斗遺稿集」（違星北斗の会）に掲載された。

この「よいち」にはアイヌ関係記事も度々掲載されており、一九五二（昭和二十七）年には「余市アイヌの座談会」が、一九五四（昭和二十九）年八、九月号には北斗とともに余市でフィールドワークを行った郷土史家・鍛治照三の「違星北斗を偲ぶ」が掲載されている。余市町立図書館所蔵。

詩

「冷たき北斗」

「違星北斗大正十四年ノート」に記載されていた詩。北斗自身が、「北斗七星」と西洋の星座「おおぐま座」のイメージ、そしてアイヌ語の「チヌカラカムイ」（北斗七星／北極星）とを関連付けて考えていたことがわかる。何度か書き直され、順番も変更された跡がある。最初に書かれたと思われる「二五八五、九、三〇」（一九二五（大正十四）年）の日付がある下書きには「冷たき北斗」のタイトルとともに、雪山を行く鹿の上空に輝く北極星が涙を流している絵が描かれている。「小曲」と付されているので、曲をつけて歌うことを想定しているのだろう。

「大空」

初出は永井叔の著書『緑光土』（オホゾラ社出版部発行）だが、ほぼ同じ文の下書きが北斗の「大正十四年ノート」に見られ、周囲のメモから空や宇宙、自然に対する北斗の思想を覗くことができる。

永井叔は街頭でマンドリンを弾きながら歌う「漂泊詩人」、あるいは大空を賛美する「大空詩人」として知られた詩人であり、中原中也とも親交があった。北斗と永井との関係は不明だが、新宿の路上にいた永井と、新宿の「東京府市場協会」に勤め、新宿大久保の希望社に通っていた北斗が路上で出会っても不思議ではない。

童話・昔話

北斗が収集した昔話には、本書に掲載した五作の他にもある。北斗の知人でもあった郷土研究家・鍛治照三の著書『あけゆく後方羊蹄（しりべし）』（私家版・余市町立図書館蔵）に、「余市に伝わるアイヌの伝説　（違星北斗の記述から）」として、「シリパのオマンルパラ」「林檎の花の精」「ローソク岩と兜岩」の三作が収録されている。「シリパのオマンルパラ」は『違星北斗遺稿コタン』の「郷土の伝説　死んでからの魂の生活」とほぼ同じ内容である。他二作については、出典が不明なので、本書には収録しなかった。

「熊の話」

一九二五（大正十四）年六月八日に「にひはり句会」の講演で北斗が語ったことを「鳩里」という人物が筆記したもの。

「アイヌのお噺　半分白く半分黒いおばけ」

初出「子供の道話」一九二六（大正十五）年十月号。バチラー八重子の伝承した「ウエペケレ」（昔話）を、北斗が筆記したもの。

「アイヌのお噺　世界の創造とねずみ」

初出「子供の道話」一九二七（昭和二）年一月号。

北斗が伝承者から聞き取った昔話を筆記したもの。

「子供の道話」では伝承者の名前が「清川猪七」となっているが、正しくは「清川戌七」。清川戌七（いしち）は新冠出身。アイヌ名アリマクナ、ジョン・バチラーに出会って聖公会に入り、平取町荷負に暮らした。『アイヌの父』ジョン・バチラー翁とその助手としてのアィヌ、私」という著作がある（早川昇『アイヌの民俗』所収）。

「郷土の伝説　死んでからの魂の生活」

初出は「子供の道話」一九二七（昭和二）年六月号。本書では希望社の「コタン」を底本とした。死後の世界へと通じる「地獄穴」（オマンルパロ）の伝説は、現在でも「余市の伝説」として流布しており、知里真志保が北海道全土の「地獄穴」伝説を集めた「あの世の入り口いわゆる地獄穴について」の中でも、北斗のこの説話とほぼ同じ話が紹介されている。

「アイヌの昔話　烏(パシクル)と翁(イカシ)」

初出は「子供の道話」一九二七（昭和二）年七月号。「小樽新聞」一九二八（昭和三）年二月二七日にも掲載。底本は『コタン』掲載の「小樽新聞」版を使用している。伝承者は不明。「イカシ」はアイヌ語でお爺さん、翁のことで、他の地方では「エカシ」の表記が用いられることが多いが、余市アイヌの北斗は「イカシ」を使っている。

「熊と熊取の話」

初出「子供の道話」一九二七（昭和二）年八月号。「北海道人」一九二八（昭和三）年一月号にも掲載。本書では『コタン』掲載の「北海道人」版を底本としている。

散文・ノート

「違星北斗ノート」

違星北斗の直筆のノートで、唯一見つかっているのが、北海道立文学館に所蔵されている一九二五（大正十四）年の「ノート」である。この中には、当時の北斗の交友関係を示す人名録、講義記録、日記、雑想を記したもの、出納メモ、絵などが含まれている。短歌や俳句の記載もあるが、句会において他者が詠んだものも含まれており、その判別は容易ではない。十分に解読できていないものもあり、本書に収録した文はその一部である。収録に際して、仮に表題を加え、句読点の追加や改行を行い、新仮名遣い新漢字に直してある。

「ウタリ・クスの先覚者中里徳太郎氏を偲びて」

「沖縄教育」一九二五（大正十四）年六月一日号（沖縄県教育会発行／沖縄県立博物館・美術館所蔵）に掲載。違星北斗が「第2回東京アイヌ学会」で話した内容を、沖縄学の伊波普猷の勧めに応じて、自ら筆記したもの。余市コタンの指導者中里徳太郎について、北斗自らの境遇を東京の学者たちの前で語ったもの。掲載時点では中里徳太郎は存命であり、「偲びて」というのは追悼ではなく、回顧してという意味だろう。

伊波は、北斗との出会いによって、それまで持っていたアイヌへの先入観を破壊され、以後北斗と親しくなった。沖縄出身の伊波は、北斗の印象を、奄美大島の人に似ていると感じ、親近感を感じている。伊波は雑誌「沖縄教育」の編集を行っていた又吉康和（またよしこうわ）（のちに「琉球新報」社長、沖縄民政府副知事、那覇市長）に手紙を送り、その手紙が「目覚めつつあるアイヌ種族」として本作と一緒に沖縄教育に掲載された（『伊波普猷全集』第11巻所収。草風館八四年版『コタン』の月報「くさのかぜ」にも抄録されている）。

「我が家名」

初出は小樽新聞一九二七（昭和二）年十二月二五日。「疑うべきフゴッペの遺跡」の第三回に「閑話休題」として掲載されたもの。ここで語られる北斗の「イカシシロシ」は、小樽新聞では「※」だったが、希望社版『コタン』では「※」になっており、それが草風館版にも引き継がれた。「違星」姓の由来を補足すると、家紋の用語で「×」は「筋違い（すじかい）」「違い」と呼ばれ、「●」が星（ホシ）なので、「違星」となり、それが読みならされて「イボシ」と呼ぶようになった。

「淋しい元気」

「淋しい元気」には「新短歌時代」一九二八（昭和三）年一月号に掲載された長いものと、のちに「コタン」に収録された短いものと二つのバージョンが見つかっている。両者を比較してみると、並木凡平の「新短歌時代」掲載版に比べ、「コタン」では内容が、大幅に削除されていることがわかる。誰の手によるかは不明だが、削除されているのは「和人からアイヌへの差別待遇」に関係する内容の部分である。

「コクワ取り」

希望社版『コタン』掲載。初出の新聞や雑誌があるかは確認できていない。編集の際に参照した北斗の遺稿や、同人誌「茶話誌」に掲載されたものかもしれない。

「アイヌの誇り」

希望社版『コタン』掲載。初出は不明。編集の際に参照した北斗の遺稿や、同人誌「茶話誌」に掲載されたものかもしれない。朴烈事件、難波大助の虎ノ門事件がともに大正十二年以降なので、それ以降の作である。

「疑うべきフゴッペの遺跡　奇怪な謎」

一九二七（昭和二）年十一月、余市近隣のフゴッペ（畚部）で鉄道工事のために小山を切り開いたところ、壁画と人の頭のように見える石偶があらわれた。このニュースは小樽新聞で報じられ、調査を行った小樽高商の西田彰三教授が、小樽新聞に「フゴッペの古代文字並にマスクについて」という論文を7回に渡り連載した。西田は、これらの遺物がアイヌのものであると結論づけたが、それに対して反論したのが、違星北斗の「疑うべきフゴッペの遺跡」である（連載時の題は「疑ふべきフゴッペの遺跡　問題の古代文字　アイヌの土俗的傍証」）。小樽新聞で十二月十九日より翌一九二八（昭和三）年一月十日まで全6回で不定期連載された。北斗はアイヌの立場からアイヌのものではない、と反論したが、西田は「フゴッペ再び・古代文字と石偶に就て」を全5回、一九二八（昭和三）年七月に「畚部古代文字と砦址並に環状石籬」を全10回で連載した。北斗は、「反駁に力を入れては醜い」（「日記」）と紙上で西田への反論はしていない。

今回、「疑うべきフゴッペの遺跡」を掲載するにあたり、底本である『コタン』とともに、初出の「小樽新聞」も参照し、『コタン』版で不適当な変更が加えられている箇所については、小樽新聞の表記に戻している。また、小樽新聞版は総ルビだが、『コタン』版ではルビが全てなくされており、適宜初出時のルビを復元している。

主な復元点は以下の通りである。

・二章のタイトル「先住民族は非アイヌ」を初出の「先住民族は非アイヌ？」に戻した。

北斗は余市アイヌが当地に来る前に、「クルプンウンクル」（コロポックル）の伝承を挙げているが、彼自身はその存在には疑問符をつけて結論していない。この「先住民族は非アイヌ」のフレーズを切り取って、「アイヌ民族が先住民族ではない」とヘイトスピーチを行う人々が少なからずあるため、ここは強調しておきたい。先住民族とはその民族が近代国家の支配に組み込まれた時点より規定されるので、仮にそのような先住者がいたところで、両者ともに先住民族であり、アイヌが先住民族であることは間違いない。

・第四章、第五章などの「Ekashi」「エカシ」表記を初出の「Ikashi」「イカシ」に戻した。北斗は初出の小樽新聞で老爺、翁のことを余市アイヌ語方言の発音に従って「Ikashi」「イカシ」と表記しておいたが、希望社版『コタン』では、他の地方の発音に合わせて「Ekashi」「エカシ」に変更されている。希望社版『コタン』の編集に際して、なぜこのような「標準語化」が行われたかは不明であるが、北斗自身による「イカシ」表記を尊重し、復元している。

・第六章の「Panpekarnsepa」は小樽新聞版では判読不能であり、希望社の編集がどこからこの言葉を持ってきたかは不明である。

・第六章の最終行、希望社版『コタン』では「芸術的彫刻の場合でもToppaとKamuiaiの様な宗教的用途の物の外はない」となっているが、初出のToppaにあたる部分は判別不能であり、希望社版がここに「Toppa」と入れた根拠が不明である。そのため、「Toppa」を削除し、ここは判読不明とした。

手紙

本書では「自働道話」ならびに「子供の道話」に掲載された北斗の手紙を掲載した。

「自働道話」(自働道話社)

西川光二郎発行の修養雑誌。恩師・奈良直弥の影響で、「句誌にひはり」とともに、北斗が最も早い時期からこの雑誌の購読を始めた。最初はこの雑誌に読者として投稿していたが、西川が北海道に来た際に対面し、それがきっかけとなって、西川の紹介により東京府市場協会に就職、上京が叶う。東京では西川一家と親しくつきあい、北海道に帰ってからも、度々手紙で近況を報告している。

「自働道話」の発行者・西川光二郎はかつて片山潜、幸徳秋水らとともに日本初の社会主義政党を立ち上げ、石川啄木が演説を聞いて影響を受けたことでも知られているが、この時期は社会主義者ではない。度重なる収監の末、社会主義から離脱し、「修養主義者」とでもいうべき思想に転向していた。それゆえに、西川との交流をもって「北斗も社会主義思想を持っていた」と書かれることもあるが、これは誤りである。(戸籍名の「光次郎」と書かれることもあるが、本書では、北斗と出会った時代に用いていた「光二郎」を使用する)

「子供の道話」(子供の道話社)

西川光二郎の妻・西川文子が編集・発行した子ども向けの修養雑誌。社名は違うが、自働道話社と同じ住所(阿佐ヶ谷)にあり、実態は一つと考えてよいだろう。北斗は北海道に戻った際、コタンの子どもたちに「美しい心を植えていく」情操教育や読書習慣をつけるための「教科書として」、日高や胆振のコタンに配布し、西川もバックナンバーを送るなど協力している。

「第一信」は幌別に着きバチラー八重子の元に身を寄せたばかりの一九二六(大正十五)年七月八日ごろの手紙。「第二信」は白老を巡り、幌別協会でバチラー八重子の演説やアイヌ語の賛美歌に感動した体験が日記にも書かれているため七月十一日ごろ。

「第三信」は平取に移った七月下旬に書かれたもので長知内、荷負、平取、白老のコタンの学校に子供の道話を配布したこと、奈良農夫也（のぶや）との出会いが書かれている。奈良農夫也は恩師の奈良直弥とは無関係で、長知内の小学校の先生。「自働道話」一九二七（昭和二）年六月号の手紙にも登場する。北斗が奈良農夫也に頼み込んで書いてもらったアイヌの昔話は「北海秘話魂藻物語（その一、その二）」（筆名・沙流山人）として掲載され、「子供の道話」一九二七（昭和二）年二月号に掲載されている（その一は随筆「沙流川情景」、その二は飼い主の貧しい老夫婦のために旅に出た犬と猫の冒険物語「シサム・コモㇺドチ」）。奈良農夫也は若い頃は東京におり、森鷗外、徳富蘆花や岩波書店の創始者・岩波茂雄などと交流があったようだ。

その他の手紙

今回掲載していない違星北斗宛の手紙、違星北斗からの手紙が複数存在しているが、個人蔵のため、図書館などでの公開はされていない。

・違星北斗からの手紙

（1）金田一京助宛　ハガキ／一九二五（大正十四）年三月十二日付／発信：淀橋町角筈　高見沢清様方　違星北斗生／宛先：杉並町大字成宗／内容：金田一宅を訪ねたことに対するお礼、三月十五日に再び訪ねたいとのお願い。

（2）金田一京助宛　手紙／一九二六（大正十五）年七月八日付／発信：北海道室蘭線ホロベツ　バチラー方　違星滝次郎／宛先：東京市外阿佐ヶ谷町大字成宗／内容：金田一をはじめ、東京で出会った人への感謝、幌別のバチラー八重子の教会の様子、八重子の印象、知里真志保や豊年健治と会ったこと、平取での寄宿先（アイヌの信仰を持っていることが望ましい）を探すため八重子の紹介を頼んでいること、今後への決意「自分の良心を本尊として進む」ことなど。

（3）吉田はな子宛　ハガキ／一九二八（昭和三）年二月二九日付／発信：ホロベツ町ホロベツ　違星北斗／宛先：日高沙流郡平取村／内容：昨日ホロベツに来て知里真志保とともに泊まっている。

（4）金田一京助宛　手紙（親展）／一九二八（昭和三）年六月二〇日付／発信：北海道余市町大川町　違星北斗／宛先：東京市外杉並町字成宗／内容：闘病中の北斗がその心情を書いている。東京での思い出、金田一への感謝。北斗が金田一や八重子に頼み、上京を世話したウタリの二女性について。自分の病気について。余市の指導者・中里徳太郎の死と、彼の功罪について。不仲だった兄・梅太郎との関係改善について等。

・違星北斗への手紙

（1）金田一京助から　ハガキ／一九二七（昭和二）年三月二三日／宛先：北海道余市町大川町　違星瀧次郎／内容：今野という青年について（アイヌに関心を持ち、いろいろ関わってくるが、話が通じず困っている）。

ハガキ／一九二七（昭和二）年四月二六日／宛先　北海道余市町沖村　ウタグス　違星漁場　違星瀧次郎／内容：向井山雄が東京アイヌ学会に出席した件について（向井山雄が参加者と激論してしまった）。

手紙／一九二八（昭和三）年七月十七日／内容：亡くなった中里徳太郎の功績を伝えるためにも北斗や凸天は健康にならないと困るという、

闘病中の北斗への励まし。
(2) バチラー八重子から　手紙／一九二八（昭和三）年（?）一月四日付／発信：札幌北三西七ノ二　バチラー八重／宛先：余市大川町違星北斗様／内容：新年の挨拶、中里家に何か変わったことがないか、中里篤治の病気の具合の心配など。
(3) 後藤静香から　ローマ字綴り葉書／一九二八（昭和三）年十二月十九日付／内容：闘病中の北斗に対して、健康に気をつけて大きな使命を果たして欲しいという願いと、お歳暮、希望社の「心の日記」などを送る等。
　絵葉書／一九二八（昭和三）年十二月ごろ？日付不明／宛先：北海道余市町浜中町　古田謙二（北斗重篤のため代理）／内容：毎日北斗のために祈っている。電報為替を少し送った。北斗のことを頼む等。

　手紙／一九二八（昭和三）年十二月二八日／宛先：北海道余市町浜中町　古田謙二（北斗重篤のため代理）／内容：北斗のために心を尽くしてくれる古田への感謝、見舞いを送ったので北斗をよく慰めてほしい。
(4) 松宮春一郎　手紙／一九二八（昭和三）年十二月二五日付／宛先：古田謙二宛（北斗重篤のため代理）／内容：北斗の病状を知らせてくれたことへのお礼、見舞いを為替で送った。北斗の知友にも見舞いを頼んだ。どうか慰めてやってほしい。

同人誌

同人誌「コタン」創刊号

違星北斗が幼馴染の中里篤治（凸天）と作った謄写版同人雑誌で、「茶話誌」を発展させたもの。一九二七（昭和二）年八月一〇日発行。編集人は中里篤治、印刷者は違星北斗。発行所はコタン社、住所は篤治の家になっている。東京から北海道に戻り、平取での生活を経て、一九二七（昭和二）年に故郷余市に戻り、肺の病気でしばらく滞在することになった北斗が、篤治（凸天）とともに作った。前身の「茶話誌」が余市アイヌの修養誌であったのに対して、「コタン」の想定ターゲットはアイヌ民族全体に広がっている。

希望社版『コタン』には「附録」として巻末に収録され、元の「コタン」創刊号のレイアウトを忠実に再現していると思われる。草風館版では「附録」ではなく、本文として収録されており、版組も他のページと同様になっている。そのため、北斗とそれ以外の執筆者の区別がつきにくかった。本書では、希望社版のイメージに近づけ、かつ北斗以外の人の作品は文字サイズを小さくした。この同人誌「コタン」創刊号の謄写版の「原本」は図書館などにも収蔵されておらず、確認できていない。ただし、二〇〇五年に古書店の目録に載ったことがあり、その時点では確かに存在したようだ。

表紙

『違星北斗遺稿　コタン』で確認できる、エカシ（老翁）が描かれた図版は同人誌「コタン」創刊号の表紙ではなく目次であり、本来の表紙はスズランが線画で描かれたものである。希望社版『コタン』の表紙絵がスズランなのも、それを踏襲したものであろうと推測する。

巻頭言「白路」、「偽らぬ心」凸天（中里篤治）

北斗の幼馴染であり、親戚でもある中里篤治は、キリスト教への傾倒があるようだ。ただしクリスチャンである古田謙二は余市の教会で見かけたことがないといい、その信仰は微熱的なものであったと見ている。（古田謙二「アイヌの歌人について」）

「アイヌ神謡集序文　コタン」知里幸恵

知里幸恵『アイヌ神謡集』の「序文」の引用だが、北斗によって新たに「コタン」という表題がつけられた。誌名と同じ「コタン」と名付けることで、北斗は自らが幸恵の思想上のフォロワーであると表明したのである。この同人誌「コタン」創刊号は『違星北斗遺稿　コタン』にそのまま収録され、その思想は「コタン」というの名とともに後世に伝わることとなった。

「自覚への一路」浦川太郎吉

北斗が一九二七（昭和二）年ごろ日高の各地を巡った際に知り合い、晩年まで手紙のやりとりをしているのが日記から窺える。

「アイヌの姿」北斗星（北斗）

希望社の後藤静香への手紙の形で書かれているが、実際に手紙として送られたかどうかは不明である。文中に「「水の貴きは水なるが為めであり、火の貴きは火なるが為めである」（権威）」とあるのは、後藤静香の著書（格言集）『権威』からの引用であることを表している。『権威』の中の「女性」という文章の一部である。

「心の日記」

心の日記（後藤静香の希望社が販売していた格言入り年刊日記帳）から「遺骸」という格言と、「自己の道」という格言を抜粋したものである。希望社版『コタン』ではそれぞれタイトルが大きく記され、引用元として「（心の日記）」と書かれていたが、草風館版『コタン』では「心の日記」を表題のように扱い、また二つの格言を一つの文章のように編集してしまったため、内容がわかりにくいものになっていた。

「断想録」（其ノ五）十一州浪人（北斗）

其ノ五とあるのは前身の同人誌「茶話誌」の続きだからだろう。十一州浪人は北斗の別名（十一州とは北海道のこと）。

「コタン吟」（其の二）十一州浪人（北斗）

其の二とあるのは、「茶話誌」に其の一があったからだと推測される。

「病床にて」凸天

中里篤治は病弱で、長く闘病生活を送っていた。北斗の死の約半年後の一九二九（昭和四）年六月九日に26歳で亡くなっている。

「赦し得ぬこころ」同人

文中で和人のことを「シサム」と書いているが、北斗は「シサム」を使わず「シャモ」を使うため、おそらく凸天の作だと思われる。

「はまなし涼し」北斗

「コタン……なんという、やさしいひびきの言葉でしょう」と、北斗は「コタン」という言葉に込めた想いをここでも語っており、この言葉に対する思いも窺わせる。

「寄コタン」金華仙人

金華仙人が誰であるのかは不明だが、指導的な立場から書かれているように読めるので、北斗や凸天ではないと思われる。

「茶話誌」一九二四（大正十三）年ごろ

恩師・奈良直弥の指導の元で、北斗らが結成した余市アイヌ青年の修養団体「茶話笑楽会」

（草風館版『コタン』では「茶話笑学会」となっているが、古田謙二は「笑いながら楽しみながら学ぶ」という意味で「笑楽会」であるとしている）の会報。謄写版（ガリ版刷り）小冊子で、北斗が編集の中心となり、印刷は余市小学校の設備を使用し、古田謙二も手伝っていたと証言している（古田謙二「アイヌの歌人について」）。

全四冊だが、全て失われている。そのうち二冊が希望社版『コタン』編集時に参照されており、『コタン』に掲載された作品のうち、出典不明のもののいくつかは、これらが初出であると考えられる。

創刊号には北斗の「アイヌとして」が掲載され、伊波普猷が「目覚めつつあるアイヌ種族」の中で絶賛しているが、失われているため、内容は不明である。

なお本稿及び本書の研究は、木呂子敏彦氏、古田謙二氏、藤本英夫氏、佐藤利雄氏、早川勝美氏、谷口正氏、阿部忍氏、武井静夫氏ほか先行研究者の各氏による研究成果や収集資料を元にしている。それらの資料は木呂子真彦氏、古田良三氏、青木延広氏、近藤芳二氏、小川正人氏、竹内渉氏、大野徹人氏、新谷保人氏ほか、多くの方にご提供・ご教示いただいたものである。カバー写真の撮影者名は撮影者ご遺族の大護和子氏にご教示いただいた。

北斗の精神・思想については太田満氏に教示を受けた。研究にご助力いただいている違星家の方々、研究にご協力いただいたすべての方に感謝を捧げたい。

違星北斗年譜

・◇は希望社版『違星北斗遺稿　コタン』年譜からの引用

一九〇一（明治三十四）年十二月三十一日～一九〇二（明治三十五）年一月一日　満0歳

違星北斗（竹次郎、戸籍名・滝次郎）父・甚作、母・ハルの三男として北海道余市町大川町に生まれる。北斗自身は一九〇一年を使用したが、戸籍上は一九〇二年一月一日生まれ。

一九〇八（明治四十一）年　6歳

余市の大川尋常小学校に入学。学校では絶え間ない差別に苦しむ。このころ、父・甚作が「熊狩り」で熊と素手で格闘し、負傷する。

一九〇九（明治四十二）年　7歳

小学2年生。大病し、それが原因で57日の欠席。

一九一二（大正元）年　10歳

小学5年生。十一月十一日、母・ハルが41歳で死亡。

大川尋常小学校
大正３年
卒業アルバムより

一九一四（大正三）年　12歳

三月、小学校を卒業。以後、家業の漁業を手伝いつつ、出稼ぎで生活費を稼ぐ。

一九一七（大正六）年　15歳

〈夕張線登川付近〉（現・夕張市）で〈木材人夫〉として出稼ぎをするが病気になる。

一九一八（大正七）年　16歳

〈網走線大誉地〉（現・足寄町大誉地）で出稼ぎ。

このころ「重病して思想方面に興味」を持つようになる。

北海タイムスに掲載されたアイヌを差別的に描いた短歌二首を読み、和人への反逆心を燃やす。

このころ、父・甚作が「ナヨシ村（樺太庁名好郡名好村）」に熊狩り。

一九一九（大正八）年　17歳

石狩で〈鰊場で〉（ヤン衆）として出稼ぎ。

〈登村〉（現・余市郡余市町登町）で芝刈りの出稼ぎ。

一九二〇（大正九）年　18歳

〈畑を借り茄子〉作り。その途中で病気になる。
余市川に投網し、西瓜大の土器がかかる（のちにそれを山岸礼三医師にプレゼントし、山岸の郷土研究のきっかけとなる）。

一九二一（大正十）年　19歳
〈轟鉱山〉（現・余市郡赤井川村轟）に出稼ぎ。

一九二二（大正十一）年　20歳
〈徴兵検査〉を受け、甲種合格する。
このころまでに、思想上の転機を迎え、小学校の恩師・奈良直弥の影響で「修養運動」に興味を持ち、余市の青年団に参加する。

一九二三（大正十二）年　21歳
〈朝里〉（現・小樽市朝里）等で落葉松伐採の出稼ぎ。
七月〈旭川〉第七師団に〈輸卒(ゆそつ)〉（輜重兵(しちょうへい)）として入営。八月〈除隊〉病気除隊。
〈上京の計画〉が九月の関東大震災で中止となる。

一九二四（大正十三）年　22歳

この年〈沿海州〉に出稼ぎ。

《古田謙二との出会い》一月ごろ、青年団の集会でアイヌの現状について演説を行い、満場の拍手を受ける。この時、のちに友人となる余市小学校訓導・古田謙二と出会う。

《茶話笑楽会》恩師・奈良の指導のもと、大川コタンの同族・中里篤治とともにアイヌ青年のための修養会「茶話笑楽会」を結成。『コタン』の一九二七（昭和二）年結成は誤り。その機関誌としてガリ版刷り同人誌「茶話誌」を創刊。その創刊号に「アイヌとして青年諸君に告ぐ」を発表。

《俳句をはじめる》このころまでに、奈良直弥の影響で余市の俳句グループに所属し、句作を始める。二月ごろより句誌「にひはり」に俳句が掲載。一九二六（大正十五）年九月号まで散発的に掲載される。

《自働道話に投稿》二月ごろ奈良直弥にすすめられ、修養雑誌「自働道話」（主筆・西川光二郎）の購読を始め、五月号に初めて手紙が掲載される。八月、余市を訪れた発行人の西川光二郎と会う。十二月ごろ、東京府市場協会の高見沢清に「まじめな青年はいないか」と相談された西川は北斗を紹介。念願の上京が叶うこととなる。

《祖父の死》九月二十六日、祖父・万次郎が死亡。

一九二五（大正十四）年　　23歳

《上京》二月十五日、東京府市場協会の事務員として就職のために上京。余市から東京まで、二日間の列車移動の間、弁当を買わず、牛乳を1杯購入したのみだった。十八日、同時採用の大阪の額田真一とともに、西川の「自働道話」の編集を手伝う。

《金田一京助との出会い》上京してすぐのころ、杉並町成宗（現・杉並区成田）の金田一京助の自宅を訪問。アイヌの現状と未来について、熱心に相談し、以後たびたび通うようになる。金田一からは知里幸恵の存在とその著書『アイヌ神謡集』のことを教えられる。また、バチラー八重子のことを聞き、手紙を出し、返事をもらって感激している。

《東京アイヌ学会で演説》三月十九日、金田一が参加する「第二回アイヌ学会」に参加する。ここで沖縄学の伊波普猷、民俗学者の中山太郎、郷土研究社の岡村千秋、世界文庫刊行会の松宮春一郎ら、日本民俗学の礎を築く学者や出版人たちと出会う。ここで行った講演「ウタリ・クスの先覚者中里徳太郎氏を偲びて」は出席者に感銘を与え、伊波普猷はそれを元に「目覚めつつあるアイヌ種族」を書いた。翌年五月二十七日には柳田国男の「北方文明研究会」に参加している。

《自働道話社遠足会》三月二十一日、自働道話社主宰の遠足会で高尾山に登る。北斗は遅刻しそうになり、ギリギリで電車に飛び乗っている。また、六月十四日の筑波登山にも参加している。

《にひはり句会》六月八日、「にひはり句会」で講演。「熊の話」をする。

《大空》七月六日、散文詩「大空」を書き、八月十六日発行の永井叔の書籍『緑光土』に掲載される。

《大正十四年ノート》九月ごろより、現存する「違星北斗ノート」を使い始める。ノートには、講座や講演、歌会などの参加記録が詳細に残されている。

「南島研究の現状」柳田国男、市民講座「経済学」「哲学概論」「現代の世相」「日本文化史」「仏教の根本」（連続講座）も受講。

「天長節奉祝講演会」や「明治聖徳記念学会」といったイベントにも赴き、後者では大川周明の講演を聞いている。また、日蓮系新宗教・国柱会の講演会やセミナー合宿にも参加している。

牛込歌会（九月八日）や杉浦重剛の「称好塾」の十五夜月見の句会（十月二日）などにも参加。また、幼馴染の中里凸天が十月に上京していたり、十一月に洋品店でおそらく背広を購入していたり、氷水（かき氷）やジュースを買ったといった生活も記録している。

《名士を訪ね歩く》このころより、知り合った学者や文化人に名刺をもらって別の「名士」を紹介してもらい、話を聞き、知見を得るということを繰り返した。特に松宮春一郎（世界文庫刊行会代表）が協力的で、自分の名刺にメッセージを添えて紹介状がわりにして何人も紹介している。この時期に作家の秋田雨雀や山中峯太郎にも会っている。

一九二六（大正十五）年　24歳

このころ、アイヌ民族のために生涯を捧げる決心をして、北海道に戻る決心をする。
《「アイヌの一青年から」》六月三十日　四谷の牛鍋屋「三河屋」で市場協会の送別会があ

り、そのあと「アイヌの一青年から」を書く。

《北海道、幌別へ》七月五日　上野駅から北海道に向かって出発。出発に際しては電車に遅れそうになる。乗り継ぎの際に青森や室蘭を散歩している。

七月七日　幌別に到着。バチラー八重子の「大日本聖公会幌別教会」に身を寄せる。知里幸恵の生家を訪ね、弟の真志保と会う。また友人の豊年健治を訪ねている。

七月十日　恩師・奈良直弥が初代校長を務めた白老の「土人学校」を訪ね、山本儀三郎校長と会う。また、白老では「コタンのシュバイツァー」と呼ばれた高橋房次医師も訪ねる。

七月十一日　幌別教会でバチラー八重子のアイヌ語での演説や聖歌を聞き感銘を受ける。

《平取へ》このころ、平取へ移る。七月十四日より前に平取教会に到着し、平取幼稚園の手伝いなどを行う。

平取に入った当初はあらゆることに感激し、気力もみなぎっていた北斗だったが、意気揚々と入った平取コタンでは同胞の無理解に苦しみ、またジョン・バチラーと後藤静香の間に資金援助をめぐるトラブルが起こると、両者を師と仰ぐ北斗は板挟みとなって心を痛めた。また、土木作業などで疲弊し、半月後の八月の初めには「随分疲れた」と日記に書いている。

《日高・胆振をめぐる》このころ、白老や長知内、荷負、上貫別、二風谷などに「子供の道話」を配布し、長知内の小学校校長・奈良農夫也と知り合う。

《短歌や昔話の投稿》このころより、盛んに短歌を作り、「子供の道話」や「医文学」に投稿。また、アイヌの昔話を「子供の道話」に投稿するようになる。

一九二七（昭和二）年　25歳

《日高をめぐる》一月、日高のアイヌコタンをめぐり、山中のコタンで大正天皇の崩御を知る。

《余市に一時帰郷》二月、兄の子の死とともに余市に一時帰郷。ニシン漁の季節だったため、そのまま春の三ヶ月間は実家の漁場（シリパ岬の裏ウタグスに「違星漁場」があった）で働くことにする。

《病気再発》五月ごろ平取に戻る予定が、肺の病気が再発。実家で療養し、徐々に快方に向かう。療養中に童話や短歌の執筆、同人誌「コタン」創刊号の制作を行う（八月完成）。

《余市調査》六月ごろより、余市の古老を訪ね、アイヌの伝承を聞き取り調査したり、島泊、古平などコタンがあった場所をめぐる。コタンが消滅していたり、同胞がいなくなっていてショックを受ける。

《再び平取へ》夏ごろ、再び平取に戻る。このころ、バチラー八重子が幌別教会から平取教会に移っており、八重子のもとで林檎園作りなどを行おうとしたが、うまくいかなかったようだ。

《余市に戻る》秋には余市に戻り、以後平取に戻ることはなかった。

《小樽新聞に掲載》十月三日、北斗の短歌が小樽新聞に掲載され、選者の並木凡平によって才能を見いだされる。以後、「小樽新聞」や「新短歌時代」などに掲載され、余市の口語歌壇で注目される。「新短歌時代」での評価は並木や稲畑笑児のように大絶賛し、自らのアイヌ観を一新する者と、嫌悪感を表す者とに分かれた。

《フゴッペ論文》十二月十九日、小樽新聞上に「疑うべきフゴッペの遺跡」の連載が始まる（一九二八年一月十日まで、全6回）。この論文をめぐって、小樽高商の西田彰三教授と論争になる。

《売薬行商を始める》十二月下旬ごろより、売薬行商をしながら、美国、古平、湯内など余市の郡部をめぐる。行商の目的は、売薬の傍らコタンを訪ね、アイヌ復興のための同志のネットワークを作るためだった。

一九二八（昭和三）年　26歳

《胆振・日高方面をめぐる》一月より胆振・日高方面に向けて行商する。千歳、白老、幌別、室蘭、平取、鵡川、浦川など。白老では会いたい人にも会えなかった。幌別では知里真志保と同宿。友人の豊年健治の死を知る。

《「志づく」違星北斗特集号》四月、歌誌「志づく」違星北斗歌集の特集号が発行される。

《発病》余市に帰り、漁場で働いていたが、四月ごろ発病する。病床から「小樽新聞」「新短歌時代」への短歌の投稿を続け、東京の恩人や道内各地の同志と連絡を取り合う。また、自撰の墨書の歌集「北斗帖」をまとめる。

《ラジオ放送》九月七日仙台放送局のラジオ番組「趣味講座・短歌行脚漫談」（山野鴉人）で、「沙流川の昔」と北斗のことが紹介されたようだ。
《代筆》冬ごろより、病状が悪化。手紙が書けなくなり、友人の古田謙二が代筆をするようになる。

一九二九（昭和四）年　27歳
《死去》一月二十六日午前9時、違星北斗死去。その死は小樽新聞に報じられ、追悼の短歌が寄せられた。
《ボストンバッグ》死の二日後、古田謙二は枕元のボストンバッグから遺稿を発見し、遺稿集の発行を思い立つ。遺稿は後藤静香の希望社に送られ、翌年五月『違星北斗遺稿　コタン』が発行された。

【北斗の死後】
一九四〇（昭和十五）年
山中峯太郎が「民族」を書く。北斗をモデルにした「キボシ」という青年が登場。名前が同じだけで、あくまでフィクションとして描かれている。

一九四七（昭和二十二）年

山中峯太郎が「コタンの娘」を発表。「民族」を全面的に書き直したもの。

一九五一（昭和二十六）年

阿部忍が「泣血（きゅうけつ）」を「駒澤文壇」と「潮」に発表。違星北斗をモデルにした長編小説。

一九五四（昭和二十九）年

木呂子敏彦が『違星北斗遺稿集』を発行。12ページの小冊子で、この中で北斗を顕彰し、北斗の歌碑を二風谷に建設する計画を発表。

一九五五（昭和三十）年

三月六日木呂子敏彦の働きかけにより、ラジオドラマ「光りを掲げた人々・違星北斗」（脚本・森本儀一郎）がＮＨＫで放送される。

一九六三（昭和三十八）年

湯本喜作が『アイヌの歌人』（洋々社）を発行。「アイヌ三大歌人」と呼ばれる違星北斗・バチラー八重子・森竹竹市の3名を紹介。その調査には北海道の郷土史家の谷口正が協力した。なお、この本を読んだ古田謙二が、その正誤を谷口に伝える手紙「アイヌの歌人について」には多くの新事実が記されている。

一九六七（昭和四十二）年
早川勝美「違星北斗の歌と生涯」が「山音」48号に発表される。早川は余市コタンを訪れ、親族にも聞き取り調査を行っている。早川から前述の谷口正への手紙「早川通信」（個人蔵）にも新事実が記述されている。
向井豊昭「うた詠み」が発表される。違星北斗に関心を寄せる教員が主人公の小説で、作中には北斗の短歌も引用されている。

一九六八（昭和四十三）年
平取町の二風谷小学校に「違星北斗歌碑」が除幕される。

一九七二（昭和四十七）年
『近代民衆の記録5　アイヌ』（新人物往来社）に『コタン』が収録される。

一九七四（昭和四十九）年
武井静夫「放浪の歌人・違星北斗」が北方ジャーナル二月号から六月号に連載。冒頭は綿密な取材に基いた評伝として描かれているが、次第にフィクションが強くなり、小説風になっている。

一九七七（昭和五十二）年

余市の水産博物館に違星北斗の句碑が建設される。余市町の教育長・沢口清氏によるもので、一九七九（昭和五十四）年、沢口清氏「違星北斗の碑」（「余市文芸」第5号）によれば、句碑の計画自体は「余市郷土研究会」が戦後復活した頃からすでに検討されていたが、なかなか実現されず、余市の郷土史研究者の青木延広氏の遺族への働きかけがあり、四半世紀後に実現した。

一九八〇（昭和五十五）年

『北海道文学全集　第十一巻』（立風書房）に『コタン』が収録される。

一九八四（昭和五十九）年

『違星北斗遺稿　コタン』が草風館より復刊。

一九九五（平成七）年

『違星北斗遺稿　コタン』（増補版）が刊行される。

二〇一〇（平成二十二）年

『現代アイヌ文学作品選』（講談社文芸文庫）に北斗の短歌・俳句が掲載される。

（山科清春）

解説　違星北斗――その思想の変化

山科清春（違星北斗研究会　代表）

はじめに

『違星北斗遺稿　コタン』の発行まで

一九二九（昭和四）年一月二六日、「アイヌの歌人」として知られる違星北斗は満27歳（数え29歳）で亡くなった。

一年後、一九三〇（昭和五）年五月に発行されたのが、本書の底本のひとつである『違星北斗遺稿　コタン』（希望社）である。

原稿を整理したのは友人の余市尋常小学校訓導・古田謙二（ふるたけんじ）。病床の北斗を度々見舞い、手紙の代筆などをした人物である。後に冬草（とうそう）の号で句誌「緋衣（ひごろも）」を主宰し、「北斗の俳句の師」とされることがあるが、年齢差が少なく、残された記録からは、親交の深さが窺（うかが）えるため、年上の友人とでもいう間柄であっただろう。

古田は北斗のその死後、枕元にあったボストンバッグの中から遺稿を発見。遺稿集の刊行を思いたった。

遺稿集あんでやらうと来て座せば畳に染むだ北斗の体臭
（山上草人、※小樽新聞　一九三〇（昭和四）年三月二日）

古田は「小樽新聞」や「新短歌時代」といった、北斗が活躍の舞台とした地元の版元からの出版を考え、遺稿を整理しはじめる。

ところが、北斗が東京時代に傾倒していた社会運動家の後藤静香から出版の打診を受け、東京の希望社から出版されることとなった。

岩崎吉勝の跋文によれば、遺稿として参照されたのは『新短歌時代』4冊、『子供の道話』3冊、『志づく』2冊、『白楊樹』1冊、『茶話誌』（謄写版）2冊、『コタン』（同人雑誌）14冊、日記（心の日記）3冊（昭和二、三、四年）、日記及び随筆ノート　小形12冊　大形4冊、歌集北斗帖（墨書）1冊、未完成原稿その他紙片等。

古田はこれらを抜粋して原稿用紙にまとめ、小樽新聞に連載された「疑うべきフゴッペの遺跡」の切り抜きを加えて、希望社に送った。

※山上草人は古田謙二の筆名と筆者は考えるが、今のところ同一人物であるという確証は見つかっていない

その遺稿を元に出版されたのが『違星北斗遺稿　コタン』である。

この希望社版『コタン』は違星北斗という人物を知るため、非常に大きな意義を持つものであるが、一方でいくつか問題もある。

ひとつは、編集上の事実確認が不十分で、いくつかの大きな間違いを後世に残してしまったこと。

たとえば、北斗がバチラー八重子（後述）の元に赴いたのは、『コタン』の「日記」では一九二七（昭和二）年七月とあり「平取にて」と記されている。だが、後に見つかった違星北斗の複数の手紙によると、北斗が八重子の元に駆けつけたのは前年の一九二六（大正一五）年七月、場所は幌別（現・登別）であり、その時期の平取教会には八重子がいなかったことが判明している。

また『コタン』の北斗の年譜では、北斗が東京から北海道に戻った時期が「十一月」となっているが、正しくは「七月」。漢数字の読み間違いだろう。

他にも、違星家のイカシシロシ（男系に伝わる家紋のようなもの。エカシシロシ）が「※」になっている（正しくは「※」であり、初出の小樽新聞ではちゃんと作字している）、北斗がアイヌ語の余市方言で「イカシ」と記したものを、他の地方の発音「エカシ」に直しているなどと、細かいところを挙げるときりがない。

その原因としては、編集の際、北斗の家族や、北斗をよく知る人物に事実確認を行っていないこと（たとえば原稿整理をした古田は原稿を希望社に送ったらそれっきりで、原稿も返却されていないと証言している）、さらに在京の北斗の知人や、アイヌ文化の専門家などによる監修も行わなかったからであろう。

これらの誤りの多くは一九八四（昭和五九）年と一九九五（平成七）年に復刻された草風館版の『コタン』にも引き継がれ、多くの本に引用されて現在にいたっている。

希望社版『コタン』のいまひとつの問題点は、故人を悼むための追悼出版であること、版元の希望社が学術的な本作りのノウハウがなかったことなどから、「資料性」がほとんど考慮されていないことである。

北斗のさまざまな時期の作品を、執筆時期や初出の掲載時期、注釈などを記載せずにランダムに並べてあるため、個々の作品が北斗の人生のどの時期に、どのような心境や思想のもとで書かれたものかということがわかりづらく、また北斗が精神的にどのように成長していったのかといった思想の変遷を追うことも難しかった。

その後の草風館版の一九八四（昭和五九）年、一九九五（平成七）年の『コタン』では、新発見資料を加えて、注釈が整備され、多くの人が違星北斗という人物のことを理解しやすくなったが、一方で元の希望社版『コタン』はそのまま残し、発見された資料を巻末に加えていく形をとったため、時系列の追いにくさが残ってしまったのは残念である。

そのため本文庫では、短歌、俳句、詩など作品の種別で章を分け、それぞれの章のなかで作品が時系列に並ぶよう構成した。


「振れ幅」と「引き裂かれた心」


北斗の作品を読むとき、その「振れ幅」に驚かされることがある。

作品ごとに思想がかけ離れているように思えたり、互いに矛盾しているように思えたり。「本当に一人の人間の中でこれらの思想が並び立つのだろうか」と疑問に思える時もある。

それは単純に時間の経過と成長による、思想の変化であることもあるだろうし、先に述べたような「北斗の作品を時系列で読むことが難しく、異なる時代の作品を一度に読むことになる」といった原因もあるだろう。

現代を生きる私たちの価値観を通して見れば「矛盾」に見えてしまう事でも、大正末から昭和初期を生きたアイヌ青年を取り囲む「時代の空気」の中では、その「矛盾」は両立したのかもしれない。あるいは、この北斗の振れ幅、「矛盾」こそが、その時代の日本、北海道におけるアイヌの一青年の「引き裂かれた心」の両端であり、矛盾した思想同士が葛藤（かっとう）しながらも、それらになんとか折り合いをつけながら、同じ心に抱きつつ生きていかねばならなかったということなのかもしれない。

これらを理解するためには、当時の彼らアイヌ民族がおかれていた状況を知り、それを前提に考える必要がある。

私たちは、残された彼の遺稿から、それがどの時期に、どういう状況で書かれたものであるかを、一つ一つ考え、検証していかなければならないのだ。

本書では可能な限り、執筆／発表年月を明らかにし、違星北斗の思想の変化の流れをここに記して、作品読解の手がかりとして提示したい。

1　幼年期……幸せの「コタン」

一九〇一（明治三四）年《満0歳》～一九〇八（明治四一）年《6歳》

2つの生年月日、3つの名前

「アイヌの歌人」として知られる違星北斗（いぼし・ほくと）は、一九〇一（明治三四）年もしくは一九〇二（明治三五）年、北海道余市町番外地大川町コタンに生まれた。

生年が2通りあるのは、彼が一九〇一（明治三四）年の大晦日の夜から翌一九〇二（明治三五）年の元旦にかけて生まれたからである。違星北斗自身は一九〇一年を使ったため、長らく一九〇一年生まれとされてきた。だが、研究者の早川勝美によって戸籍上の誕生日が一九〇二年一月一日であることが「発見」され（「違星北斗の歌と生涯」一九六七年『山音』48号初収）、以降の資料では一九〇二年生まれと記載されることが多くなった。

それに従い、違星北斗の没年齢にも27歳（満年齢）から、28歳（数え年、一九〇二年生）、29歳（数え年、一九〇一年生）と数え方と生年の違いにより3通りの表記が見られるようになっている。

「北斗」の名は号であり、名を「竹次郎」という。

ただ、戸籍名は「瀧次郎」となっており、近年の書物には「滝次郎」と記されていることが多い。これも出生届を出す時、代書人に口頭で「タケジロウ」と伝えたところ、「タキジロウ」と聞き違われ、そのまま登録されてしまったもので、本来の名は「竹次郎」であり、本人も周囲もこちらを使い、身内での愛称は「タケ」だった。

書籍や雑誌などに載った初出の文章などでは、第三者による記述も「竹次郎」となっているものが見られ、日常的に「竹次郎」を使用していたことがわかるが、再録の際には編集者によって「滝次郎」に直されていることも少なくない。

「生年月日」にせよ、「名」にせよ、本人や周囲の者の認識と戸籍上の記述が異なり、そのどちらを取るかは悩ましいところである。「国家の公文書に記載されているものが絶対的に正しい」とする姿勢は、現在マイノリティを苦しめているさまざまな問題の原因とも通底することだろう。

北斗は家庭やアイヌコタンで通用する「タケジロウ」の他に、和人の社会で通用する（コミュニケーション不全によって誤って刻印されてしまった）「滝次郎」の2つの名前を持つことになったが、後年その2つの世界をつなぐ新たな名前として「北斗」でアイデンティティを統合することになったともいえるだろう。

本稿では名は基本的には生涯を通して号・作家名である「北斗」で統一する。

余市大川コタンの家族のもとでのびのびと育つ

北斗の祖父・万次郎（萬次郎、一八五二（嘉永五）年生まれ）は明治の始めに東京の芝・増上寺の清光院に設置された「開拓使仮学校附属 北海道土人教育所」に「留学」した経験を持つ。同年代のアイヌとしては最も早い段階において、学校で日本語教育を受けたアイヌでもある。（P173「我が家名」）

東京で学んだことは祖父・万次郎自身には終生の誇りとなり、ほろ酔い気分で話される東京の話を聞いて育った孫の北斗は、東京への憧れを抱くこととなった。

一方で、このアイヌの「留学」自体は「強制就学」というべき性格のもので、施策自体は場当たり的なものであり、参加させられたアイヌの若者たちは杜撰な運営に翻弄され、病死者・罹病者を多く出すなど、幾多の悲劇も生んでいる。（このあたりの経緯は、二〇〇八年に東京アイヌ史研究会が刊行した『〝東京・イチャルパ〟への道―明治初期における開拓使のアイヌ教育をめぐって』に詳しい）。

北斗の父・甚作（アイヌ名・セネックル、一八六二（文久二）年生まれ）は底引き網とニシン漁を稼業としていたが、一方で「熊取り名人」の名を持ち、アイヌの伝統的な儀礼や文化に通じていた。

この甚作とその妻・ハル（旧姓・都築）との間には長男・梅太郎、次男（名前不明）、長女・ヨネ、次女・ハナ、三男・竹次郎（滝次郎／北斗）、四男・竹蔵、三女・ネツ子、五男・松雄と六男・竹雄（双子）の六男三女が生まれたが、次男は1ヶ月、次女・ハナは満3歳、四男・竹蔵は生後9日、五男・松雄は4ヶ月で死亡している。

父・甚作は出稼ぎなどで家を空けることが多く、北斗の保護者は祖父・万次郎となっていた。（父・甚作は祖父・万次郎の実子ではなく、養子（夫婦養子）であり、実際には10歳しか年齢が離れていない）。

北斗の東京への憧憬が祖父・万次郎の影響だとすれば、アイヌの伝統文化や信仰への尊敬は父・甚作から受け継いだものであるといえる。

北斗にとっては、父親が「熊取名人」であったことは大きな影響を及ぼしている。「熊」はアイヌの信仰の根幹に関係する存在だが、彼にとっては、父親の偉大さを示すイメージでもあったと思われ、筆名「北斗」も、旅人の指標となる北極星と北斗七星のイメージ、北斗七星を含む夜空の星座「大ぐま座」の雄大なイメージをも借りようとしていることが窺える。（P124「小曲（冷たき北斗）」）

路地裏のコタン

北斗が生まれ育った明治の終わりから大正の頃の余市の町は、一大産業であるニシン漁によって賑わっていた。余市の街は拡がり続け、北斗らが住んでいた余市川と登川の合流点にあった大川町コタン（古くは「川コタン」「川村」とも呼ばれた）は、その和人の「街」にコタンごと飲み込まれていった。

その当時の余市のアイヌコタンは、今日われわれが「アイヌコタン」という言葉から思い浮かべるような（伝統的なアイヌの家屋（チセ）が並ぶような）風景ではなくなっていた。住居は余市の和人の一般労働者と変わらぬ木造住宅であった。

ただ、町並みはコタンの痕跡を残してそこだけ円形をなしており、町外れの路地を抜けると、ふいに現れるどこか雰囲気が違う、いわば「路地裏のコタン」であった。

一方で、生活の中にアイヌの伝統的儀礼や信仰が残り、コタンの中には「イオマンテ（熊送り）」のために子熊を育てる「熊の檻」があり、北斗の家にも神に祈るための祭具「イナウ」を飾る幣棚や「ワタナベのヤリ」という怪物退治に使われた槍など、古くから伝わる宝物があり、さまざまな伝承を受け継いでいた。

たとえば、違星家の祖先の一族はオタルナイのザンザラケップ（現・小樽市銭函周辺）から小舟に乗って漂流してきたといい、その原因は海の神（シャチ）の怒りを買い、村ごと全滅させられたからだという（北海タイムス昭和5年9月4日）。

また、北斗らの何代か前の違星家の祖先が海で漁をしていると、突如「恍惚として霊域に入り、江戸も樺太も何処でも見得た。是れは神通自在の「ヌプル」に成りかけた」という。いわゆる「千里眼」のような状態になったということだろうが、その祖先は村に帰り、それを他の人間に話したために神の怒りを買い、「ウエキンテ（悪霊）」に取り憑かれ、以降、「違星の家に満足の人が生まれない」と伝承が伝わる。

実際に違星北斗の父も祖父も他家からの養子であり、この縁起はコタンの中では信じられてきたのだろう（河野常吉『アイヌ聞取書』）。

役場、水産加工場、映画館や劇場、酒場……ニシン景気に沸き立つ余市の繁華街の外れの、路地の奥にエアポケットのように存在する大川町コタン。

そこでは、和人とは異なる精神世界を持つ人々がその伝統と信仰をひっそりと守りながら、しかし和人と同じように、漁業を生業（なりわい）としながら暮らしていた。

違星北斗はそんな一見「近代的」に見えながら、アイヌの精神の息づいたコタンの中で、家族とコタンの人々の愛を受けて育っていく。

2　少年期——差別渦巻く世界。和人社会への「反逆思想」を抱く

小学校時代——絶え間ない和人からの差別の始まり

一九〇八（明治四一）年四月《6歳》～一九一四（大正三）年《12歳》

小学校に入ると、北斗を取り巻く世界は一変する。

和人（アイヌに対して多数派の日本人、大和（やまと）民族）の家庭に奉公していたため、日本文化に通じていた母・ハルは、教育の重要性を考え、北斗をアイヌ子弟が通う4年制の「旧土人学校」（旧土人保護法によって全道に設立された学校）ではなく、和人の通う6年制の尋常小学校に通わせた。

それまで、家族やコタンの人々の中でのびのびと育っていた北斗は、そこではじめて、他の児童からの心無い差別を受け、自分が「アイヌ」という存在であるというこ

とに気付かされることになった。

絶え間ない差別、いじめに遭い、毎日泣かない日はなかったという北斗は、2年生で大病にかかり、さらに5年生の時にはそれまで励ましてくれた母・ハルと死別してしまう。

母・ハルの教育方針によって、北斗は差別に苦しむ過酷な少年時代を送ることとなったが、一方で学習の喜びを知った。さらに卒業後の自修により、小学校しか出ていないにもかかわらず、東京の学者たちを驚かせるほどの文章力、論理的思考、弁論能力などを身につけることとなった。

「社会のまま子」……和人の支配する差別社会に直面する
一九一四（大正三）年《12歳》～一九一八（大正七）年《16歳》ごろ

母の死に大きなショックを受けた北斗は、成績は悪くなかったものの、高等小学校への進学を断念。

尋常小学校卒業後は家業の漁業に従事し、生活のために北海道内各地や樺太などで漁業や林業、鉱山などで出稼ぎをする。

そこで直面したのは、社会の中でアイヌをとりまく差別構造であった。

同じ仕事をしても和人よりも給料が極端に少なく、良い漁場は和人に押さえられ、土地さえも和人に騙し取られる。アイヌ同胞は貧困に苦しみ、和人が持ち込んだ病気や酒によって身を持ち崩し、路頭に迷う同族も少なくなかった。アイヌ人口は減少し、新聞は「アイヌは滅びゆく民族」と連呼する。

「私は小学生時代同級の誰彼に、さかんに蔑視されて毎日肩身せまい学生生活をしたと云う理由は、簡単明瞭『アイヌなるが故に』であった。現在でもアイヌは社会的まま子であって不自然な雰囲気に包まれているのは遺憾である」（「アイヌの姿」）

北斗は日本社会、そして北海道の社会におけるアイヌの立場を「まま子」と表現している。これは「継母」に対する「継子」であり、ここには同じ屋根の下に暮らしながら、家族扱いされず除け者にされ、迫害される者のニュアンスを含んでいる。

自らの身を以て差別を体験し、社会の中で酷使され苦しむ大人たちの姿を目の当たりにした北斗は、「北海道はもともとアイヌの故郷であるのに、この状態は何だ」（伊波普猷「目覚めつつあるアイヌ種族」）と憤りを覚え、和人を残忍な「野蛮人」、侵略者として憎むようになる。

「反逆思想に油をかけて燃える」

一九一八（大正七）年《16歳》～一九二二（大正一一）年《20歳》ごろ

一九一八（大正七）年ごろ、16歳の北斗は重病にかかり、「思想的方面に興味を」持つようになり、漁労の合間に書物を読んで自修するようになっていく。

この頃、新聞紙上にアイヌを差別的に詠んだ短歌を見て、「一層反逆思想に油をかけて燃えた」（P175「淋しい元気」）という。

「どうも日本て云ふ国家は無理だ。我々の生活の安定をうばいおいてそしてアイヌアイヌと馬鹿にする。正直者でも神様はみて下さらない」

「人類愛の欠けた野蛮なのはシャモの正体ではなかろうか」

「これではいかぬ大いに覚醒してこの恥辱を雪がねばならぬ。にくむ可きシャモ今に見ておれ！」（P156「ウタリ・クスの先覚者中里徳太郎氏を偲びて」）

と、シャモ（和人）に憎しみを抱き、世を呪って社会に対する「反逆思想」を抱くようになる。

「シャモ（和人）憎し」の感情を募らせ、再び病気になった北斗は、精神的にも追い詰められていった。この時期の彼は、自暴自棄になって家の中で暴れたり、嵐の中で海岸の岩の上に座り、尺八を吹き続けたりといった突飛な行動を取ることもあったようだ。

3　修養時代――「思想的転機」と《修養》の日々

一九二二（大正一一）年《20歳》ごろ～一九二五（大正一四）年二月《23歳》

突然の「思想的転機」

20歳くらいまで、激しい「反逆思想」に取り憑かれ、和人と見ると、内心で「目の敵」にしていた北斗だったが、あるとき地域の会合に出席した際に、余市の登村小学校の校長・島田弥三郎氏に言葉をかけられる。

これからする講演のなかで「我々はアイヌとは云いたくはない言葉であるが或る場合はアイヌと云った方が大そう便利な場合がある。又云わねばならぬ事もある。その際アイヌと云った方がよいかそれとも土人と云った方が君達にやさしくひびくか」（P175「淋しい元気」）と質問された。

北斗はこの言葉に衝撃を受ける。それまで和人とは血も涙もない非情な人々であると思い込み、警戒して心を開くこともなかった北斗だったが、和人は鬼のような者ばかりではなく、中にはアイヌに対してやさしい心遣いをしてくれる人もいるのだと気づく。

「私はその夜自分の呪ったことの間違いであった事をやっとさとり自分のあさましさにまた、不甲斐なさに泣きました」（「淋しい元気」）

北斗が「転換期」と呼ぶこの出来事により、彼の和人への考え方は180度転換し、社会の中でアイヌの地位を向上させるためには、アイヌ自身が修養して立派な人物にならなくてはいけないと考えるようになった。以後、自ら進んで和人社会に関わるようになる。

「修養」の日々と「俳句」との出会い

大川尋常小学校の恩師・奈良直弥（ならなおや）に卒業後も指導を受けていた北斗は、修養雑誌『自働道話』を勧められ、これを愛読するようになる。

さらに奈良の指導でアイヌ子弟の修養会「茶話笑楽会」をつくり、その機関誌としてガリ版刷りの同人雑誌『茶話誌』を発行する。

《修養》とは、現在でも「精神修養」といった形で用いられるが、当時の修養運動は簡単にいえば「自分を磨き、他者を助け、正しく生き、社会に役立つ人間になる」ということである。

加えて、修養会のようなイベントに参加すると、著名な人物、立場ある人物と会えるため、「修養活動をすることで、身分や貧富の差、学歴などにとらわれず、個人の努力と才覚によって、社会にとって重要な事業にも参画できるかもしれない」といった、立身出世の夢とも結びつき、社会的に恵まれず、十分な教育を受けられなかった人、現状に不満を持ち自分を変え自己実現したい人々の心に響いて、大きなムーブメントになっていた。

北斗もまた、この「修養」の考え方を自らの生き方、そしてアイヌの地位向上に応用しようと考え、地域社会の中で積極的に活動を行うようになっていく。「環境を嘆くよりも、アイヌである自分たちが、社会の中で立派な人物になっていくこと。それによって、アイヌ民族全体の社会的地位を向上させることができるようになる」。

北斗は余市の「青年団」などの活動に参加し、和人の同世代の若者たちの前で自らのアイヌとしての立場や考えを演説することもあった。それを見て感銘を受け、生涯の友人となったのが、余市尋常小学校の訓導・古田謙二である。

また、奈良や古田の影響で俳句を始め、余市の句会に参加。句誌「にひはり」に他の会員とともに俳句が掲載されるようになる。

北斗はこの頃から、上京したいという希望を抱くようになり、一九二三（大正一二）年には上京の計画を立てるが、関東大震災によって断念している。

4　東京時代……差別から解放、東京からアイヌモシリを客観的に眺める

一九二五（大正一四）年二月《23歳》～一九二六（大正一五）年七月《24歳》

金田一京助との出会いから広がる世界

「自働道話」の西川光二郎は、知人で東京府市場協会の高見沢清が、真面目な青年を求めていると聞き、読者の中から2人の若者を紹介する。その中の一人が、北海道の違星北斗――講演旅行で北海道の余市を訪れた際に出会ったアイヌの若者であった。

一九二五（大正一四）年二月、北斗は西川の紹介で公設市場の経営に関わる「東京府市場協会」の事務員として就職することとなり、かねてより北斗が念願していた上京が叶うこととなる。

北斗が上京を望んだのは就職のためだけではなかった。アイヌの地位向上を志し、そのために何をすべきか、何を学ぶべきかを知るためでもあった。

上京後まもなく、北斗はアイヌ語研究者の金田一京助を訪ねる。（P9「違星青年」）。金田一の名前を知り、彼と会うことが上京の大きな目的のひとつであったと北斗は金田一への手紙に書いている。

金田一が「熱烈な会談」と記したように、北斗は熱心に金田一にアイヌの現状を語り、金田一は北斗が知らない他の地方のアイヌの現状を話した。以後、北斗は金田一のもとを度々訪ね、生涯に亘る親交を持つようになる。

北斗はとりわけ、同族を救うために活動しているバチラー八重子や、満19歳で亡くなった『アイヌ神謡集』の著者・知里幸恵ら、アイヌの女性がいることに大きな衝撃を受ける。

知里幸恵の『アイヌ神謡集』を読んだ北斗はそこに描かれたアイヌの伝統的な生活に憧憬を抱き、バチラー八重子とは手紙で連絡を取り合うようになる。

北斗は金田一との出会いを皮切りに、学者や作家など、多くの文化人・知識人を訪ね、知識と思想を高めていく。

金田一に誘われ出席した「東京アイヌ学会」「北方文明研究会」などの学会では、柳田国男や伊波普猷、今和次郎、早川孝太郎、中山太郎、蘆田伊人ら、日本民俗学の黎明期に集った学者たちと出会い、また岡村千秋や松宮春一郎といった出版人、山中峯太郎や秋田雨雀のような作家とも意見交換を行った。後に山中峯太郎は北斗をモデルに『民族』『コタンの娘』という小説を書いている。

思想や宗教の遍歴

北斗は市場協会の事務員として働くかたわら、勤務終了後の夜や休日には「市民講座」（「経済学」「哲学」「現代の世相」「日本文化史」「仏教の根本」など）にも出席し、知識を蓄えていった。

思想や宗教への考察も深め、日蓮系の新宗教、田中智学の「国柱会」の合宿にも参加した記録が残っている。宮沢賢治や石原莞爾など多くの著名人と関わりがあった国柱会であるが、北斗の国柱会への傾倒は東京時代のみに限られるようだ。

複数のキリスト教の関係者などにも会って意見交換を行っていたほか、祖父・万次郎が学んだ芝・増上寺の僧侶ともコンタクトをとっていた。

しかし、北斗は「頼まれて人を救う」ような宗教は信じられない、信じられるのは自分の信念だけだといったことを金田一への手紙に書いており、思想遍歴の後に、彼自身は特定の宗教とは距離を置いている。

北斗はまた、「日本精神復興」を唱えた大川周明の講演にも参加しているが、北斗自身は「日本人が天照大神を祖神と敬うなら、アイヌである自分は、エカシ（父祖）から伝わったアイヌの信仰こそを大事にするべきだ」といった考えに至っている。

（P166違星北斗ノート）

宗教の代わりに、北斗の精神的支柱となったのは、前述の西川光二郎、そして後藤静香らの「修養主義者」である。

特に修養団体「希望社」の後藤静香には多大な影響を受けており、生涯にわたって傾倒した。

後藤は「希望社運動」と呼ばれる社会運動を牽引し、女性の社会進出や、点字の普及、障害者や貧困者、ハンセン病患者、社会的弱者の救済を訴え、真面目な若者、とくに教員などの支持をあつめていた。そして、彼がアイヌ民族への援助を本格化しようとしていた矢先、アイヌ民族のために生涯を捧げる決意をしたアイヌの青年・違星北斗が現れたのである。

同じ目的を持っていると知った2人は共鳴し、北斗は後藤を師の一人と定めて、生涯を通じて交流するようになった。

「天国」のような東京の生活と、和人への「感謝」の表明

北斗が上京するきっかけとなった修養雑誌『自働道話』の西川光二郎や妻の文子、雇用主である市場協会の役員・高見沢清らは、公私にわたり、北斗を家族のように温かく扱った。また、同期就職した大阪出身の額田真一とも親友となった。

北斗は、北海道時代には体験できなかった親しい人々との旅行や登山などの娯楽を、

東京に来て初めて体験する。

小学校入学以来、和人からの差別に苦しめられてきた北斗は、東京で尊敬できる多くの和人と出会い、彼らの友情や愛に囲まれて幸せに過ごした。生活的にも安定し、差別から解放された時期を過ごした北斗は、これまで自分を差別してきた〈北海道の和人〉だけが〈日本人〉の代表ではないと考えるようになってきた。

「土着心のない北海道移住民が日本人の代表者でないということに気がついて、私の過激思想は全くなくなり、今ではよい日本人となって、アイヌのため日本のために、何かやって見たいという気になっているのです」(伊波普猷「目覚めつつあるアイヌ種族」)

この頃の東京時代の北斗の書いた文章や、和人を前にした発言においては、東京で出会った人への感謝と、〈日本〉という国家への感謝の表明が増えてくる。

「はしたないアイヌだけれど日の本に生れ合せた幸福を知る」(P57「私の短歌」)

という短歌は、その一例である。現在の価値観で見れば「愛国的」「右傾的」と見えなくもないが、この短歌にはそのような「感謝」と東京での「幸福」の記憶が含まれており、単なる「日本賛美」ではないことに留意すべきである。

「ぶちのめされた民族」よ、勇敢に立ち上がれ

北斗は、未来のアイヌへの言葉として、このような言葉を残している。

「わたしたちの子供の時代、またその次の時代が来たとき、ぶちのめされた民族が、こんなに勇敢に立ち上がったことを自慢に語ってきかせたい。この立派な民族をつくりあげたのは俺たちであると言ってきかせたいではないか。この義務と責任を負せられた大正のアィヌは人々の光栄としてうらやむことだと思う」（P164北斗ノート　大正一四年九月九日より）

ここには、北斗が思い描く未来のアイヌの姿がある。

現在の「ぶちのめされた民族」が、「勇敢に立ち上がり、立派な民族をつくりあげる」。その「義務と責任」を担うのが自分たち大正のアイヌである、と。

東京で親切で優しい和人に囲まれ、幸せな生活を送っている間にも、郷里北海道の各地では、和人からの差別に苦しみ、貧困の中に暮らしているアイヌの同族がいる。

そんな中で自分だけアイヌであるということを理由にチヤホヤされ、幸せになっていいのかという疑問を抱き、北斗は東京での安定した暮らしを約1年半で打ち切って、北海道に戻ることを決意する。（P11金田一京助「違星青年」）

北斗は、民族の未来を背負って立ち、その生涯をアイヌ復興に捧げる覚悟で、東京をあとにし、北海道に戻る決意をするのである。

「アイヌ民族」の誇りと自覚を持ったまま「日本人」の一員に

東京からの別れに際して、『医文学』という雑誌に、手紙を書いている。（P167）

そこには余市から東京に出てきて、多くの人と出会い、勤労と修養の日々を過ごした北斗の気持ちが書かれている。

「吾々は同化して行く事が大切の中の最も大切なものであると存じます」（「アイヌの一青年から」）

この言葉は一見、北斗が「和人への同化」を望んでいるように見える。「アイヌ復興のために闘った人物」というイメージを持たれることが多い北斗としては、意外な言葉に見えるだろう。

　実際、北斗のこういった言葉を切り取って「違星北斗は自ら『和人と同化したい』と希望していた」という意味に読み取り、さらに拡大解釈して「アイヌ民族は自ら和人に同化した」「だからアイヌ民族はもういない」と主張する人々が現代も存在する。

　だが、北斗は決して、アイヌが「和人」に同化すること、消滅することを望んでいたわけではない。

　北斗は和人への同化ではなく「アイヌ」という民族が、アイヌとしてのアイデンティティを持ったまま、「日本人」となることを志向した。日本国籍を持つ日本人であり、アイヌ民族であるということである。

　和人（大和民族）と「日本人」は違う。民族と国籍は違う。

　現代においても、「日本人＝大多数が大和民族（和人）」であり、「日本人は単一民族である」という幻想を持っている人がいる。

　だが、実際にはそうではないし、北斗が生きた戦前の日本ならなおさらである。北斗が生きた時代、日本はいくつもの国や地域を新たに領有し、「日本人」とは「大和民族」だけを意味しなかった。その多民族国家としての日本で、その社会を構成する一民族として、アイヌが社会で活躍し、和人（大和民族）と同等の立場の民族となること。北斗が目指していたのは、「日本社会でのアイヌ民族の地位を向上させる」ことであって、民族としての「和人（大和民族）」の中にアイヌ民族を埋没させ、アイヌ民族の存在そのものを消してしまうことではない。それが北斗のいう日本に「同化」するということである。

今日的に言えば「同等化」もしくは「平等化」といったところだろうか。

言い換えれば、アイヌ民族を社会的な「まま子」として扱っていた、日本という国の社会の中に、歴としたアイヌ民族の「居場所」を、他ならぬアイヌの手によって確立したい、ということでもあった。

アイヌ自身の手でアイヌの根本研究を

実際に北斗は、たとえ日本に「同化」しても、アイヌ民族としての「誇り」を持ち、いくら時代が変化して、生活様式や見た目が変わったとしても、それでも変わらぬものの、アイヌをアイヌたらしめる魂のよりどころとなるもの（北斗はそれを「元始思想」と呼んでいる）を大事にしなければならないと訴えた。

そのためにはアイヌ文化の保存と根本的な研究を、他ならぬ「アイヌ自身の手」によって行わなければならないと言っている。

一方、北斗は「アイヌであること」にこだわり、アイヌであるにもかかわらず、それを恥じ、和人社会に正体を隠して紛れ込み、「和人になりすます」ことを「シャモ化」と呼び非難している。

　たとえば、死の半年ほど前の一九二八（昭和三）年六月の「金田一京助への手紙」では、東京時代、「アイヌのために働きたい」というアイヌ女性を、金田一やバチラー八重子の尽力を得て、北斗が東京に呼び寄せたが、結局、和人と結婚してしまったといい、北斗はそれを「淋しさを知らない人がシャモになるのでしょう。そしてそれが、そう云う人の幸福でしょう」（同手紙）と憐憫とともに軽蔑し、金田一に謝罪している。

　東京での北斗は世話になった和人に感謝をしたり、尊敬したりはしていたが、和人に迎合したり、おもねったりはせず、アイヌ民族の代表として、言うべきことはしっかりと主張していた。

　一九二五（大正一四）年三月、第2回「東京アイヌ学会」での講演の最後で、日本国民としてのアイヌ民族からの痛切な意見を、並み居る和人の聴衆の前で堂々と語っている。


「日本は精神的にも物質的にも楽観すべきではないこと、すなはち『日本に自惚れてはいけない』事を切に痛感するのである」（P163「ウタリ・クスの先覚者中里徳太郎氏を偲びて」）

北斗は和人が他民族に見せる「優越感」、差別的態度をたびたび批判する。

アイヌ民族が同じ日本人として同じ屋根の下に入るのであれば、同国人として平等に生きられるように差別的な態度を変え、その環境を整えてくれ、という要請でもあっただろう。

5　北海道　幌別・平取――「アイヌ民族復興」の理想と現実

一九二六（大正一五）年七月《24歳》～一九二七（昭和二）年二月《25歳》

バチラー八重子を頼り幌別へ

一九二六（大正一五）年七月、アイヌのために一生を捧げる覚悟で北海道に戻ってきた北斗は、故郷・余市に帰らず、まずは幌別のバチラー八重子のいる聖公会の「幌別教会」に身を寄せる。八重子に平取でアイヌ語やアイヌ文化を学ぶための相談をするという目的があった。

八重子はキリスト教（聖公会）の伝道師ジョン・バチラーの養女で、北斗より15歳以上年上の有珠（うす）アイヌの女性である。幌別教会で、北斗は八重子のアイヌ語まじりの祈りや賛美歌に感動し、それを日記や手紙に書き残している。
北斗はしばらく幌別教会に寄宿しつつ、幌別の知里幸恵の家を訪ねたり、白老のコタンなどを巡ったりしている。幌別では幸恵の弟で、後に金田一京助の元でアイヌ民族初の文学博士となる知里真志保とも出会っている。

「アイヌの都」平取での生活と挫折

北斗の目的は平取でアイヌ文化を学びたいということであった。そのため、八重子に平取でアイヌ語が堪能な人の紹介を頼んでいた。

平取はアイヌの旧都懐しみ義経神社で尺八を吹く（P82「私の短歌」）

北斗は平取のことを「アイヌの旧都」と書いている。「国家」を持たなかったアイヌ民族に「都」はないのだが、金田一京助ら和人の研究者はアイヌ住民の割合が高く、比較的アイヌ文化が残って語話者も多かった日高の平取や二風谷などを「アイヌの旧都」などと呼ぶことがあり、その影響で北斗も平取に大きな憧れを抱いてやってきたようだ。
幌別から胆振のコタン巡りを経て、平取に入った北斗は、平取教会の岡村国夫司祭の手伝いをしながら、生活費や活動資金を稼ぐために土木工事の出面をし、空いた時間に胆振・日高地方のアイヌコタンを訪ね、同族に自分の考えを説いたり、子どもたちのために西川光二郎の自働道話社が発行する『子供の道話』という雑誌を配ったりしていたようだ。

オキクルミ、トレシマ悲し沙流川の昔を語れクンネチュップよ（P22「小樽新聞」）

当初は見るもの聞くものすべてに感動し、生き生きとした筆致で日高の自然にアイヌの伝説を重ねた歌などを詠んでいた北斗だが、しかし、一ヶ月を過ぎた頃から、日記の記述は苦悶に満ちたものになっていく。

東京での愛に満ちた生活を捨てて、アイヌ民族の未来のため、コタンの幸福のためにと日高や胆振を動き回り、アイヌ民族の向上を熱く訴えた北斗だったが平取のコタンの人々は、その彼を、必ずしも温かく迎えはしなかった。

東京で学んできた学問や思想を元に、アイヌ復興の理想を熱く語る北斗に、苦しい日々を精一杯に生きる同族たちの眼差しは暗く冷たかった。

同じアイヌ民族とはいえ、遠く離れた余市からやってきた北斗を、コタンの人々はよそ者として白眼視し、ろくに話を聞いてもらえなかったという。北斗は挫折感を味わい、東京で描いた夢は空回りするばかりだった。

良くないことはさらに続く。ジョン・バチラーが設立し、コタンの子どもたちが通っていた平取幼稚園に資金援助していた後藤静香の希望社が、北斗がまさにそこにいる時に、援助を取り止める決定をしたのである。

後藤は北斗に共感し、北斗を自らのアイヌ救済事業の実行者と頼んでおり、北斗は後藤と連絡を取り合って平取での活動を進めていた。

後年、後藤は木呂子敏彦に手紙で問われた際、バチラーが外国人であり、宗教の布教目的であることを、資金援助中止の理由として語っている。

　五十年伝道されしこのコタン　みるべきものの無きを悲しむ（P91「日記」）

と歌に詠み、ジョン・バチラーや八重子を崇敬しながらも、「キリスト教でアイヌは救えない」と言っていた北斗の感想が、後藤に伝わったという可能性も考えられなくもない。

後藤静香とジョン・バチラーという二人の師の間の資金問題に巻き込まれ、間に立って板挟みになった北斗は、日々の労働にも疲れて、意気消沈するものの、一九二六

（大正一五／昭和元）年から翌一九二七（昭和二）年にかけて、平取を起点に日高各地のコタンをめぐり、同胞と話し合うことを続けた。

6　帰郷――アコロコタン（わがコタン）の再発見

一九二七（昭和二）年二月《25歳》〜一九二七（昭和二）年一二月ごろ《25歳》

思いがけない帰郷、漁場働き、そして病気療養へ

一九二七（昭和二）年二月、兄・梅太郎の子が亡くなり、その葬儀のため北斗は平取から郷里の余市に一時帰郷した。

以前にも北斗は平取に居を定めながらも、ジョン・バチラーと後藤静香の会談の出席のために札幌を訪れた際に、余市へ一時帰郷している。

今回もそのような一時帰郷になる予定だったが、折しも余市はニシン漁のシーズンだったため、北斗は生活費や活動費を稼ぐために、そのまま家業のニシン漁を手伝うことになる。

ところが、漁場の労働の無理がたたってか、四月ごろ呼吸器系の病気が再発、しばらく余市で静養することとなる。この昭和二年の病気について、北斗は「腐敗性気

管」と記しており、約半年で回復しているが、結果的に二月から夏まで半年以上の長期帰郷となった。

療養中、北斗はこれまで学んだ経験を整理し、じっくりと腰を据えて形にしていく、充実した期間となったようだ。

東京で多くの人に出会い、差別から解放され、人の真心にふれる生活を経験した北斗。北海道に戻り、コタンを巡って同志と出会う一方、反対に冷たい態度の同族とも出会い、希望も挫折も体験してきた彼の目には、故郷余市コタンの人々はどう映っただろうか。

北斗は療養のかたわら、生まれ育った余市のアイヌ文化を調査し、伝承を収集する。近隣の年長者を訪ねての聞き取り調査や、余市周辺の遺跡の調査なども行っている。

北斗の治療には近隣の山岸礼三（やまぎしれいぞう）医師があたっていた。コタンの人々からは金をとらなかったという仁医として知られる山岸は、北斗から話を聞いたり、出土した土器をプレゼントされたりして余市の郷土研究に興味を持ち、北斗の死後、余市郷土研究会を結成して、今日につながる余市の郷土研究の礎を作った。

北斗が東京から戻ってすぐに向かった日高の平取でのアイヌ文化の研究はうまくいかなかった。

和人の研究者にとっては「アイヌの都」であっても、反対側の余市から来た北斗にとっては「アコロコタン（わがコタン）」ではなかった。

それぞれの地域のアイヌの連帯は必要だが、自分が引き継ぐべきアイヌ文化はここにあるものではない。各地のコタンを巡った北斗は、多くのアイヌが共有しているものと、そうでない、地域ごとの特徴や違いがあることを実感しただろう。

自分が伝承し研究すべきアイヌ文化とはなにか……それを発見したからこそ、北斗は余市に伝わる「イヨチ・アイヌ」の文化や歴史の研究をはじめたのだ。

同人誌「コタン」と知里幸恵

二年ぶりに郷土に戻った北斗は、余市アイヌ青年の修養グループ「茶話笑楽会」の活動として、その機関誌「茶話誌」を再開しようとする。

しかし、当時のメンバーは樺太に出稼ぎに出ており、集まったのは北斗と同じく病で出稼ぎに行けなかった幼馴染み（おさななじみ）の中里篤治（なかざととくじ）（凸天（とってん））だけだった。

仕方なく、北斗は凸天と二人で同人誌をつくることにする。二人は「茶話誌」の新しい号をそのまま作るのではなく、新たな雑誌としてリニューアルすることを企てた。地域を余市に限定せず、アイヌ民族全体に視野を広げた形でリニューアルし、『コタン』と命名した。

「コタン」とはアイヌの村とか集落、ふるさとといった意味を持つが、北斗はそこに仕掛けを施した。

冒頭に敬愛する知里幸恵の『アイヌ神謡集』「序文」を掲載し、その文章にあえて「コタン」と新たに表題をつけることで、アイヌ神謡集の描いた「失われたアイヌの世界」のイメージを、「コタン」という言葉に、そしてこの同人誌を貫くコンセプトにして、自らが知里幸恵のフォロワーであることを明確に示したのである。

この同人誌『コタン』創刊号は40ページ程度の小冊子であり、北斗の死後に希望社から出た遺稿集『コタン』とは異なるものである。

だが、その遺稿集にも付録として収録され、その際、遺稿集自体も『コタン』と名付けられた。知里幸恵から受け継がれた北斗の『コタン』の概念は、この遺稿集とともに後世に永遠に残ることになったのである。


「アイヌの姿」


同人誌『コタン』の中で、北斗は「アイヌの姿」という文章を発表している。

希望社の後藤静香に向けての手紙として書かれたものだが、違星北斗の思想の到達点を示すものである。

北斗はこの「アイヌの姿」の中で、後藤に向けた形でアイヌ民族の現状を語る。

「かうして二十世期の文明は北海道開拓の地図を彩色し尽した。(中略) されど北海の宝庫ひらかれて以来、悲しき歩みを続けて来た亡びる民族の姿を見たか……野原がコタン (村) になり、コタンがシャモの村になり、村が町になった時、そこに居られなくなった…………、保護と云ぅ美名に拘束され、自由の天地を失って忠実な奴隷を余儀なくされたアイヌ…………、腑果斐なきアイヌの姿を見たとき我ながら痛ましき悲劇である」

知里幸恵の序文の内容を踏襲しつつ、北斗自身の少年時代の「アイヌなるが故に」受けた差別待遇、アイヌが「社会的まま子」となっている現状を語り、その筆はアイヌ自身の姿を描き出す。

「アイヌの姿」で北斗は、「アイヌ」という言葉を恐れ、和人からの排斥や差別から逃れるために、和人への模倣と追従に走り、先を争って「シャモ化」(アイヌであることを隠し、和人の中に溶け込む) してしまう、「自覚」しない同胞のことを非難する。

だが、アイヌである自分の心情は、「アイヌでありたくない」わけでも「シャモになりたい」わけでもない。ただ、「平等を求むる心」「平和を願ぅ心」なのだと叫ぶ。そして、北斗はアイヌ民族は「自覚しながら同化」することが大事と説く。

い。

この「同化」とは前述した通り、「和人（大和民族）への同化」という意味ではない。

戦前、多民族国家となっていた当時の日本で、「日本人」を形成している複数の民族の一民族としてアイヌ民族を位置づける。その上で、「日本国籍のアイヌ民族」として、社会的地位を向上させ、その存在を社会の中で確立すること。

そのためにはアイヌ自身がアイヌとしての自覚と誇りを持ち、アイヌ自身がアイヌの歴史や文化を研究しなければならない。

さらに、東京を去る直前に書かれた「アイヌの一青年から」よりも一歩踏み込んだところもある。

「水の貴きは水なるが為めであり、火の貴きは火なるが為めである」

そこに存在の意義がある。鮮人が鮮人で貴い。アイヌはアイヌで自覚する。シャモはシャモで覚醒する様に、民族が各々個性に向って伸びて行く為に尊敬するならば、宇宙人類はまさに壮観を呈するであろう。嗚呼我等の理想はまだ遠きか。シャモに隠れて姑息な安逸をむさぼるより、人類生活の正しい発展に寄与せねばならぬ。民族をあげて奮起すべき秋は来た。今こそ正々堂々「吾れアイヌ也」と呼べよ。

（中略）

吾アイヌ！　そこに何の気遅れがあろう。奮起して叫んだこの声の底には先住民族の誇まで潜んでいるのである。この誇をなげうつの愚を敢てしてはいかぬ」

北斗は、自らのアイヌとしての生き方を提示する一方で、他の民族を否定せず平等に、それぞれの個性を尊重し、お互いが認め合う社会、今日言われるような「多民族共生」の考えに至っている。

「宇宙人類」というコズミックなワードさえ飛び出し、熱を帯びる北斗の言葉。これは「地球人類」「世界人類」あるいは「コスモポリタン」といった意味かもしれないし、世代的には我々がイメージするような「宇宙人」もしくは「宇宙に進出した人類」を意味していても不思議ではない。

北斗の祖先はかつて、海上で神がかり、千里眼を得たという伝説がある。この時、祖先が江戸や樺太の風景を見通したという。

その子孫である北斗は、差別と迫害の「嵐」の中から出て、東京からはるか北海道を眺めることで、アイヌの進むべき未来像を獲得した。

そしてこの「アイヌの姿」においては、大空の高み、あるいは宇宙から地上を見下ろすような北斗の視点は、さらに顕著なものとなっていくのだ。

7　行商時代——コタン巡礼と「短歌」

一九二七年（昭和二）年一二月ごろ《25歳》～一九二八年（昭和三）年四月《26歳》

「小樽新聞」での歌人・並木凡平との出会い

この頃から北斗の短歌が『小樽新聞』『新短歌時代』に掲載されるようになってゆく。

「アイヌの歌人」として名声が高まり、並木凡平（なみきぼんぺい）や稲畑笑治（いなはたしょうじ）ら小樽の口語歌壇の歌人たちとの交流も始まった。

また、余市町フゴッペで発見された壁画をめぐり、『小樽新聞』上に「疑うべきフゴッペの遺跡」を連載。小樽高商（現・小樽商大）の西田彰三（にしだしょうぞう）教授と論争になるが、北斗の文化研究はこの一作にとどまっている。

売薬行商時代——全道コタンをつなぐネットワークとメディア利用

北斗は、一九二七（昭和二）年の年末より、ガッチャキ（痔）の薬の行商を始める。これは薬を売るのが主たる目的ではなく、各地に点在するアイヌコタンをめぐり、アイヌ民族の間でネットワークをつくろうという目的があったようだ。
小樽、千歳、白老、幌別、室蘭、鵡川、浦河、平取など、各地のコタンをめぐっている。白老では森竹竹市、鵡川ではチン青年団の辺泥和郎、二風谷では二谷国松、浦河では浦川太郎吉と会い、同族の未来について語り合っている。

この頃、北斗は鵡川の辺泥和郎、十勝の吉田菊太郎と『アイヌ一貫同志会』という団体を作っていたと草風館版『コタン』の年表にあるが、北斗側の資料では確認できていない。

北斗は各地のコタンの同族と会い、アイヌとして自覚し、互いに団結することが重要だと説く一方、雑誌や新聞に短歌を投稿しつづけた。メディアを使ってアイヌからの意見表明を行うことで、和人の中からもアイヌに対する意識を改める人もいたようだ。

また、このころ短歌雑誌『志づく』で、北斗の特集記事が組まれるなど、歌人としても前途洋々たる日々が始まるかに思えたが、北斗は再び喀血し、闘病生活に入るのである。

8　闘病と死——この胸をコロポックルが

一九二八年（昭和三）年四月《26歳》～一九二九年（昭和四）年一月《27歳》

迫りくる死への不安と焦燥

昭和三年のニシン漁に参加した直後、北斗は再び肺の病気が再発し、闘病生活に入る。

当初は前年と同様に、療養して再起をはかろうとする北斗だったが、春から夏、秋へと病状は悪化する一方だった。

夕陽さす小窓の下に病む北斗　ほゝえみもせずじつと見つめる
やせきつた腕よ伸びたひげ面よ　アイヌになつて死んでくか北斗
（山上草人、『小樽新聞』一九三〇（昭和四）年一月三〇日）

これらは北斗の作ではなく、山上草人という歌人の作品だが、筆者は山上草人を北斗の友人であった古田謙二の別名だと考えている。

その根拠としては病床の北斗を度々見舞い、北斗が心から本音をぶつけるといった関係性や距離感が非常に似ていること。古田が「冬草」の号の前、ちょうど北斗と親しかった大正末から昭和初めにかけて「草人」という号を用いていた（『緋衣とともに――古田謙二（冬草）遺稿集――』）こと、さらに冒頭で掲げた「遺稿集あんでやらうと来て座せば」という山上草人の短歌が小樽新聞に掲載されたのとほぼ同タイミング（2日後）で、小樽新聞に古田が近く北斗の遺稿集を出すべく準備中であるという「違星北斗遺稿集」と題する記事が掲載されたこと、などである。

（ただし、古田謙二のご遺族は、山上草人という名前をご存知なく、山上が古田であるかは疑問があるとのことなので、ここでは保留して、疑問符をつけておきたい。）

「アイヌになって死んでくか北斗」という、見ようによっては差別的にも読める表現も、もし古田の作であれば、そのような意図はないことは明らかだろう。若き日より北斗の和人への怒りを、親友として、そして一人の和人として受け止め、北斗が結核で倒れても、最期まで見舞い、北斗の活動を手伝い続けた親友であるからだ。

この胸にコロポツクルが躍つてる　其奴が肺をけとばすのだ畜生！　（同）

同じく山上草人の短歌。病床の北斗の言葉を歌にしたものだろう。肺の激痛を胸の中に躍るコロポックルにたとえたものだ。

普通、可愛らしい妖精（ようせい）のイメージで語られる存在だが、北斗ら余市アイヌの伝説では余市アイヌが来る前にいた小柄な人々とされる。あくまで伝説ではあるが、北斗は祖先の伝承を何らかの歴史的事実の反映と見て、「追い出された先住者」からの恨みのようなものを感じていたかもしれない。

北斗は死への恐れとアイヌ民族復興の宿願が果たせぬ無念さから、しだいにネガティブな感情に支配されるようになる。

忘恩で目さきの欲ばかりアイヌなんか 滅びてしまへと言つてはせきこむ　（同）

病床で募る、アイヌ同胞に裏切られたことに対しての怒り。自ら動けないもどかしさ。

しだいに、北斗の心は暗く落ち込み、その想いは未来ではなく過去へ、失望と淋しさに支配されていく。

クレグール※くさい日記にのぞかれる彼の想ひはみな歪んでる

※消毒液。クレゾールか

「このシヤモめ」と憤つた後の淋しさを記す日記は読むに耐へない
金田一京助さんの恩恵に咽ぶ日もあり、いぢらしい男よ
（山上草人、『小樽新聞』一九三〇（昭和四）年三月二日）

遺稿集『コタン』に掲載された日記はごく一部であり、山上草人が「歪んでる」といった日記大部分は残されていない。（古田が希望社に送った原稿は戻ってこず、兄の家にあった北斗の遺稿や本なども、火事で失われた）。
同じ頃の北斗から金田一京助への手紙には、東京時代の思い出と感謝とともに、思う通りにいかない状況、後悔や同胞への恨み言が多く見られ、病気への絶望によって、心まで荒んでいったのかもしれない。
ただ、その手紙によると、北斗の活動を認めず、不仲であった兄・梅太郎だったが、有名になっていた北斗の名をあちこちで聞き、活動の意義を理解するようになり、関係が修復、北斗は兄の家族の元で手当を受けることができたようだ。

シヤモの婢貫つた奴を罵倒したその日の日記に「淋しい」とある
「神なんかいないいいない」と頑張った去年の彼の日記がイエスの言葉で閉ぢられてゐる

ウタリーの叫びをあげた彼の歌碑どこへ建てやうどの歌彫らう
（山上草人、『小樽新聞』一九三〇（昭和四）年三月八日）

違星北斗は、九ヶ月に及ぶ闘病の末、一九二九（昭和四）年、満27歳で亡くなる。北斗はアイヌ式の木の墓標の墓に葬られたと記録にある。おそらく、葬儀も父や兄たちによって、アイヌ式で行われたと思われる。その墓の場所はわからないし、木の墓標は朽ちてみることはできないだろう。現在、北斗の歌碑が平取町の二風谷小学校に、北斗の句碑が余市水産博物館の前庭に立っている。

違星北斗の死は小樽新聞で小さく報じられた。その後しばらく、北斗が活躍した小樽新聞の短歌欄には北斗の死を惜しむ、見知らぬ和人からの追悼の短歌が次々に掲載されたが、北斗自身は、その星のまたたきのような光景を見ることが叶わなかった。

違星北斗歌集

アイヌと云ふ新しくよい概念を

違星北斗

令和3年 6月25日　初版発行
令和6年 10月25日　3版発行

発行者●山下直久

発行●株式会社KADOKAWA
〒102-8177　東京都千代田区富士見2-13-3
電話　0570-002-301（ナビダイヤル）

角川文庫 22477

印刷所●株式会社KADOKAWA
製本所●株式会社KADOKAWA

表紙画●和田三造

Printed in Japan
ISBN 978-4-04-400625-9　C0192

◆◆◆

角川文庫発刊に際して

角川源義

第二次世界大戦の敗北は、軍事力の敗北であった以上に、私たちの若い文化力の敗退であった。私たちの文化が戦争に対して如何に無力であり、単なるあだ花に過ぎなかったかを、私たちは身を以て体験し痛感した。西洋近代文化の摂取にとって、明治以後八十年の歳月は決して短かすぎたとは言えない。にもかかわらず、近代文化の伝統を確立し、自由な批判と柔軟な良識に富む文化層として自らを形成することに私たちは失敗して来た。そしてこれは、各層への文化の普及滲透を任務とする出版人の責任でもあった。

一九四五年以来、私たちは再び振出しに戻り、第一歩から踏み出すことを余儀なくされた。これは大きな不幸ではあるが、反面、これまでの混沌・未熟・歪曲の中にあった我が国の文化に秩序と確たる基礎を齎らすためには絶好の機会でもある。角川書店は、このような祖国の文化的危機にあたり、微力をも顧みず再建の礎石たるべき抱負と決意とをもって出発したが、ここに創立以来の念願を果すべく角川文庫を発刊する。これまで刊行されたあらゆる全集叢書文庫類の長所と短所とを検討し、古今東西の不朽の典籍を、良心的編集のもとに、廉価に、そして書架にふさわしい美本として、多くのひとびとに提供しようとする。しかし私たちは徒らに百科全書的な知識のジレッタントを作ることを目的とせず、あくまで祖国の文化に秩序と再建への道を示し、この文庫を角川書店の栄ある事業として、今後永久に継続発展せしめ、学芸と教養との殿堂として大成せんことを期したい。多くの読書子の愛情ある忠言と支持とによって、この希望と抱負とを完遂せしめられんことを願う。

一九四九年五月三日

角川ソフィア文庫ベストセラー

アイヌ童話集
金田一京助
荒木田家寿

様々な説話を集めた「よもやま昔話」。正直爺と意地悪爺の滑稽譚「パナンペ・ペナンペ昔話」。英雄オキクルミの活躍を描く「オキクルミの昔話」。アイヌ文学の魅力がぎゅっと詰まった心温まる16編の童話集。

聖なる木の下へ
アメリカインディアンの魂を求めて
阿部珠理

アメリカインディアンのスー族に伝わる祈りの儀式や占術……。神秘的な伝承を貫くものは、大地を敬い、勇気を重んじる「心の文化」である。比較文明学者がインディアンの精神世界を丁寧に読み解く瞠目の書。

カクレキリシタン
現代に生きる民俗信仰
宮崎賢太郎

潜伏時代の信仰を守る人々、カクレキリシタン。だが彼らは隠れてもいなければ、キリシタンでもない。その信仰世界はキリスト教とは大きく異なり、日本の伝統的な神観念と融合していた。独自宗教を活写する。

古代研究V
国文学篇1
折口信夫

決まった時期に来臨するまれびと（神）の言葉、「呪言」に国文学の発生をみた折口は、「民俗学的国文学研究」として国文学研究史上に新たな道を切り開いた。その核とも言える論文「国文学の発生」四篇を収録。

新版 遠野物語
付・遠野物語拾遺
柳田国男

雪女や河童の話、正月行事や狼たちの生態——。遠野郷（岩手県）には、怪異や伝説、古くからの習俗が、なぜかたくさん眠っていた。日本の原風景を描く日本民俗学の金字塔。年譜・索引・地図付き。

角川ソフィア文庫ベストセラー

日本の民俗　祭りと芸能　芳賀日出男

写真家として、日本のみならず世界の祭りや民俗芸能の取材を続ける第一人者、芳賀日出男。昭和から平成へと変貌する日本の姿を民俗学的視点で捉えた、貴重な写真と伝承の数々。記念碑的大作を初文庫化！

日本の民俗　暮らしと生業　芳賀日出男

日本という国と文化をかたち作ってきた、様々な生業と暮らしの人生儀礼。折口信夫に学び、宮本常一と旅した眼と耳で、全国を巡り失われゆく伝統を捉えた、民俗写真家・芳賀日出男のフィールドワークの結晶。

写真で辿る折口信夫の古代　芳賀日出男

『古代研究』から『身毒丸』そして『死者の書』まで――折口信夫が生涯をかけて探し求めてきた「古代」の世界がオールカラーで蘇る。民俗写真の第一人者が七〇年の歳月をかけて撮り続けた集大成！

秘境旅行　芳賀日出男

北は網走から南は久高島まで――折口信夫と宮本常一を師にもつ民俗写真家が、最盛期の十年間に旅した二千日の貴重なフィールドノート。百五十超の写真と熱意溢れる文章から、日本の光景的秘境が見えてくる。

神さまたちの季節　芳賀日出男

「無数にある日本の季節祭のなかにとけこんで、目や耳で自国を知ろうとする人のために、本書はささやかな友人になれたらと思うのである」12か月の祭礼を民俗写真の第一人者が興奮の旅の記録とともに活写する。